Apfelernte

Helmut Frhr. v. Scheurl-Defersdorf

Apfelernte

Ein Bodensee-Krimi

VUS

Hinweis:
Personen und Lokale sind frei erfunden. Eventuelle Ähnlichkeiten können nur auf Zufall beruhen und liegen nicht in der Absicht des Autors.

Freitag, 19. September 2008
Aussichten

Dienstschluss. Eigentlich ist Bernd Breunecke schon seit einer Stunde nicht mehr im Büro. Der blöde Bericht über den Einbruchsversuch beim Goldbach-Stollen hält ihn auf. Penner können es nicht gewesen sein. Der Täter hat mit Handschuhen gearbeitet. Taschentücher und Zigarettenstummel vor dem Eingang können kaum vom Täter oder den Tätern stammen. Zu viele Pärchen treffen sich an diesem Platz, worauf auch noch andere Utensilien hinweisen, die zu untersuchen sich nicht lohnt.

Fingerabdrücke und DNA-Spuren gibt es nicht, nur Kratzspuren am Schloss und die Spur eines Montiereisens an der Stahltür. Immerhin muss es nach Spurenvergleich das Reifenmontiereisen eines uralten Ford oder Opel mit Diagonalreifen sein. Obwohl sich die Montiereisen der Fahrzeuge mit Diagonalreifen in dieser Zeit ähneln, tippt der Mann von der KTU auf das Montiereisen eines 17 M P5. Ein solches Fahrzeug ist im Landkreis nur noch in Uhldingen-Mühlhofen registriert. Der Halter, ein harmloser Rentner, pflegt seine bettlägerige Frau und seinen Oldtimer, hat ein Alibi, kann zudem seine beiden Montiereisen vorweisen. Im Übrigen ist er ›für solche Fürz nicht zu haben‹, wie er erbost bei der Befragung sagt.

Bernd kann nicht verstehen, dass der Vorsitzende des Goldbach-Vereins einen solchen Wirbel um die paar Kratzer rund um das Schloss macht. Gut, dass der Südkurier mit dem Oberbürgermeister-Wahlkampf in Überlingen voll beschäftigt ist, sonst hätte der Vorsitzende wohl noch die Presse mit der Beschädigung seines Heiligtums befasst. Die Verbiegungen an der Blechtür sind unerheblich und von einem Spengler mit wenigen Hammerschlägen zu reparieren. Wahrscheinlich wird die Meldung nur für die Versicherung benötigt. Ein ärgerlicher Aufwand für solch einen Dreck. Bernd stinkt es. Aber dass der Verein unter diesen Umständen eine verschärfte Beobachtung der Tür gefordert hat, nervt. Und noch mehr nervt, dass der Chef die Sache sofort und ›in dieser Richtung begründet‹ auf dem Tisch haben will. Der ist nämlich Mitglied in dem Verein und wird wiederum vom Vorsitzenden genervt.

Bernd für den Goldbach-Verein zu werben, hat der Chef nach einer denkwürdigen Veranstaltung vor vier Jahren aufgegeben. ›Bringen Sie den Breunecke nie wieder mit!‹, wurde ihm danach bedeutet, ›der ist ja völlig pietätlos!‹ Und das nur, weil Bernd als praktisch veranlagter Mensch dem Verein nahe gelegt hatte, sich doch für die kommerzielle Nutzung einiger Teile des Goldbach-Stollensystems einzusetzen. Damit könne man die Kosten für die Erhaltung eines Schauteiles aufbringen. Überlingen habe schließlich ein massives Parkhausproblem und die Apfelbauern der Umgebung ein Lagerproblem. Da böten sich zwei gute Möglichkeiten zur Nutzung. Auch als Sektkellerei oder Champignonzucht-Anlage sei der Überlinger Stollen vermutlich gut nutzbar. Eine bronzene Gedenktafel mit ›Eure Arbeit war nicht umsonst‹ könne deutlich auf das Schicksal der Häftlinge hinweisen und ein Faltblatt den Besuchern oder Kunden die weiteren Informationen mit Erklärungen nahe bringen. Damit sei am Ende wohl auch das Lebenswerk der Häftlinge besser gewürdigt und das Andenken eher gewahrt als bei einem nutzlosen allmählichen Verfall der Stollenanlage. Und wenn schon ein Teil des Stollens als Bootslager diene, dann könne man doch auch … Dem Proteststurm und den folgenden Handgreiflichkeiten der Vereinseiferer entging Bernd damals nur knapp. Der Zeitungsbericht im Südkurier ›Äpfel lagern, wo Häftlinge starben – instinktloser Vorschlag eines jungen Kriminalinspektors!‹

brachte ihm Ärger und empörte Anrufe von Überlingern. Als im Seefunk-Radio die Frage gestellt wurde, ›ob nun dort, wo einst die Peitschen der Aufseher knallten, die Sektkorken knallen sollen‹, standen wochenlang morgens leere Sektflaschen vor Bernds Tür. Und als die Bildzeitung gar titelte ›Parkplatzgerangel im Überlinger Blutstollen?‹, konnte der Chef Bernds Versetzung nur mit Mühe abwenden. Nur davon, dass im Stollen bereits ein Bootslager bestand, schrieb keine Zeitung etwas. Typisch!

Bernd wohnt nach diesen Erfahrungen in Owingen und ist in keinem Adressbuch oder Telefonverzeichnis mehr vertreten. Allerdings landen seither auch alle Vorfälle beim Goldbach-Stollen quasi als Strafe für den damaligen Skandal auf Bernds Tisch.

Judith Schwan, seine Sekretärin, schüttelte damals nicht nur den Kopf, sie klärte Bernd auch auf, wie man in Überlingen zu denken hat: ›Als Zugereister können Sie das nicht wissen. Die Überlinger wollen nicht mit dem KZ-Stollen in Verbindung gebracht werden. Deshalb heißt das ehemalige Überlinger KZ ›Lager Aufkirch‹, der Überlinger KZ-Stollen ist offiziell nach dem Überlinger Vorort ›Goldbach-Stollen‹ genannt, und die Überlinger KZ-Opfer sind auf einem kleinen Gedenk-Friedhof bei der Birnau bestattet. In solchen Sachen rührt man hier nicht rum!‹ Es war wohl mehr Zurechtweisung als Aufklärung. Oder mochte sie ihn und nahm an Bernds Schicksal Anteil?

Bernd weiß es nicht genau und hält sich seither an die verordnete Sprachregelung zum Goldbach-Stollen, versucht sich gegenüber Judith dankbar zu zeigen. Dies hat ihm bei ihr trotz gelegentlicher kleiner Aufmerksamkeiten nicht viele Punkte eingebracht. In letzter Zeit bleibt Judith allerdings länger im Büro. Und das gibt ihm wieder zu denken. Will sie ihn etwa immer noch behüten? Es sieht bei ihrer gleichzeitig gewachsenen Freundlichkeit nicht danach aus …

Heute stellt sie Bernd ohne Worte einen Tee hin, als es dauert mit dem Bericht. Sie will noch schnell aufräumen und dann auch gehen, meint sie, als er schließlich den Aktendeckel zuklappt, diesen dem Chef in seinem Büroteil auf den Schreibtisch legt, seinen Mantel anzieht und ›Tschüs‹ sagt.

Warum die Judith in letzter Zeit so lange bleibt, ist Bernd ein Rätsel, wenn nicht ... Einmal hat er sie vor zwei Jahren in der Mittagspause zu einer Tasse Kaffee eingeladen. Und sie wich aus. Seither lässt er es. Eine blutige Nase kann er sich bei anderen Frauen bequemer holen. Im selben Dienstbereich ist ein erklärtes Unverhältnis dieser Art unangenehm. Man muss ja weiter miteinander auskommen.

Aber wenn er in letzter Zeit von seinen Unterlagen aufschaut, bemerkt er, dass sie ihn unter ihrem dunklen Lockenwust durch ihre randlose Brille nachdenklich mustert. Als er mit einem Scherz darauf hinweist, dass sie eine gute Beobachterin sei, errötet sie. Und er kann sie danach nicht wieder so erwischen. Eine komplizierte junge Frau, die Judith, liebenswert und manchmal sehr direkt mit ihren Hinweisen und ihrer Fürsorge, aber sonst unnahbar seit dem Tag vor zwei Jahren, an dem er sie ohne Erfolg zum Kaffee einlud. Und seither hat er ihr Privatleben ihr Privatleben sein lassen.

Heute weicht sie seinem Blick nicht aus. Wenn er aufschaut, lächelt sie sogar. Und chic angezogen ist sie auch, wie er feststellen muss, als er ihr einen anerkennenden Blick gönnt. Sie scheint auf etwas zu warten, vielleicht darauf, dass er sie wieder zu einem Kaffee einlädt. – ›Mein lieber Schwan!‹, denkt Bernd, ›da ist was im Busch. Aber so leicht mache ich es dir nicht nach den zwei Jahren, obwohl ... ich war ja auch nicht immer freundlich!‹

Sie soll zappeln, weil sie ihn damals abblitzen ließ. Als er im Schlamassel saß und vier Jahre Ehestreit mit der endgültigen Trennung hinter sich hatte. Sicher, er war damals angeschlagen, war schon mal verkatert erschienen, auch einmal unrasiert ins Büro gekommen. Aber ein bisschen Verständnis hätte ihm zu der Zeit gut getan. Auch ist immer noch Diskretion angesagt. Ex-Frau Gisela spioniert seit der Scheidung vor einem Jahr, ob er ein neues Verhältnis hat. Und das, obwohl sie es damals war, die mit dem Kollegen von der Berufsschule das Techtelmechtel begann, das schließlich das Aus der Ehe brachte. Gisela würde sich freuen, das Sorgerecht für ihre gemeinsame Tochter ganz an sich zu ziehen und ihn finanziell abzuzocken, bevor die kleine Tochter im Herbst eingeschult wird. Da ist ihr jeder Vorwand recht.

Sie hängte ihm schon beim Vormundschaftsgericht an, ins rotlichtverdächtige Milieu eingebunden zu sein und die Kleine damit sittlich zu gefährden. Obwohl er dort auftragsgemäß ermitteln musste, ergaben sich unangenehme Verwicklungen. Giselas neuer Freund, ein ehemaliger Sportlehrer aus Uhldingen beobachtet mit. Bernd muss diskret sein. Entweder wird es ernst mit Judith und er kann nach kurzem Kampf das Besuchsrecht behalten, oder er muss sich Giselas ständigem Insistieren am Ende beugen.

In solche Gedanken vertieft, geht er über den langen Gang aufs Treppenhaus zu, sieht zwischendurch in die Schaukästen, ob Aushänge entfernt und ersetzt werden müssen. Und dann, bevor er die Schwingtür zum Treppenhaus erreicht, kommt Judith Schwan mit einem ›Herr Breunecke, Herr Breunecke …!‹ hinter ihm her über den langen Gang geklappert. Der schwarze Rock und die tief ausgeschnittene rote Bluse bringen ihre sportlich-schlanke Figur gut zur Geltung. Und das dunkle Lockengewoge schwappt ihr über die randlose Brille, als sie erhitzt vor Bernd stehen bleibt, zu ihm aufschaut und ihm einen langen Notizzettel in die Hand gibt: ›Das ist gerade gekommen! Es eilt, Herr Breunecke!‹

›Das ging aber schnell mit dem Aufräumen!‹, meint Bernd schmunzelnd, ›so sehr hätten Sie sich nicht hetzen müssen, Frau Schwan, auch wenn ihnen diese leichte Röte wirklich gut steht ....!‹ – ›Herr Breunecke, treiben Sie nicht solche Scherze mit mir!‹, gibt sie zurück, und ihre Miene verdunkelt sich, ›die Sache ist wichtig. Ich habe Ihnen den Ort aufgeschrieben und auch die Nummern. Und das sonst Übliche. – Wenn Sie mich nicht mehr brauchen ...‹ Damit will sie sich beleidigt umwenden.

Und da begreift er plötzlich, was sie fühlt, was er selbst fühlt, was sie beide wünschen und was zu tun ist nach den zwei Jahren. Er fasst sie vorsichtig am Arm, zieht Judith an sich. Und sie sträubt sich nicht, lehnt sich an ihn. ›Wenn Sie so fragen, Judith, ob ich Sie brauche ..., dann kann ich nur sagen: ja! – Und das meine ich ganz ernst!‹

›Lass uns das ein anderes Mal besprechen, Bernd‹, flüstert sie und löst sich wieder, ›morgen habe ich Zeit! Ich muss Dir viel erklären!‹ – ›Ich Dir auch‹, meint er, ›wollen wir nicht gleich ...?‹

›Dienst ist Dienst, Bernd‹, gibt sie zurück, ›ab nach Ludwigshafen zu Bio-Xpress. Da gibt es Arbeit für Dich!‹

›Meine Güte‹, stöhnt er, ›Ludwigshafen ist doch gar nicht unser Bereich. Unfall, Schlägerei oder sonst was? – Heute war dort Neu-Eröffnung ....‹ – ›Nein, eine Leiche, und die soll aus Sipplingen sein!‹, sagt sie, ›und beeil Dich. Die Spurensicherung aus Friedrichshafen rückt schon an. Die ist auch sauer auf die Stockacher Kollegen! Die haben das sauber abgeschoben! – Du musst hin, sonst gibt's Theater mit dem Chef, ganz egal, wie angetüdert der von der Feier kommt!‹ Damit haucht sie ihm einen Kuss auf die Wange und klappert zum Dienstzimmer zurück. ›Muss noch abschließen, Bernd‹, wendet sie sich um und strahlt ihn noch einmal an, ›Tschüs bis Montag – oder ruf mich vorher an!‹

›Hätte ein schöner Abend werden können …‹, denkt Bernd bei sich, als er ihr nachschaut, ›hätte ….‹ Auf dem Weg zum Auto ist er in Gedanken, malt sich aus, wie er mit Judith …. Fast übersieht er den Chef, der leicht schwankend aus einem Taxi auf ihn zukommt. ›Könn' Se mich nach Hause fahren, Breunecke?‹, fragt der mit schwerer Zunge, ›muss mein Auto stehn lassen. Viel Prominenz bei der Feier, Konstanzer und Häfler Landrat und so. Was die fünf Überlinger OB-Kandidaten da wollten, schnall ich nicht. Ätzend der Schwarzbrodt, nichtssagend der Lanson, Buhtz leicht verängstigt, Einstock auch nicht so topp, Metzger flott. Überlinger Shanty-Chor hat gesungen. Hab mir von denen extra gewünscht, sie sollen *Sabinchen war ein Frauenzimmer* für die Metzger singen. Wollte der ängstliche Chorleiter aber auch für einen Extra-Fünfziger nicht machen, weil die Metzger noch seine Bürgermeisterin in Meersburg ist. Das Büfett war vom feinsten, und Obstbrände sage ich Ihnen, Obstbrände! Und alle gut, kann ich ihnen sagen, Breunecke. Und Ihr Freund, der Vorsitzende vom Apfelkeller, ha-ha, war auch da. Da haben Sie was verpasst! Der nimmt Ihnen das immer noch krumm. – Na – Und dann die blöden Reden und die aufgetakelten Damen der Hautevolee. Die kamen doch fast alle im bayerischen Dirndl-Verschnitt, als ob sie ihre überreifen Birnen oder Äpfel herzeigen müssten!‹

›Na, na, Chef. Nichts mehr vom Apfelkeller bitte und keine so bösen Worte über die üppige Auslage unserer Damen der Gesellschaft!‹, meint Bernd ironisch, ›es wird wohl auch Trockenobst unter mancher Bluse gewesen sein! – Und, Chef, nichts über die Reden. Die blödeste hat gewiss wieder unser Landtagsabgeordneter von den Sozen gehalten!‹ – ›Haben Sie diesmal aber falsch geraten, Breunecke! Der von den Schwarzen aus Berlin war da und hat ihn mehrfach übertroffen. Voll die Finanzkrise! Und die

Verantwortung der Volksgemeinschaft für die deutsche Wirtschaft mindestens zwanzigmal aufgetischt. Und dass alle dazu beitragen müssen, dass die Banken … Breunecke, ich kann Ihnen nur sagen: Da sollen mal wieder riesige Verluste sozialisiert werden. Und in den Aufsichtsräten, welche die Verluste sozialisieren sollen, gibt es dann die gut dotierten Posten für die Politiker!‹ Und er will noch mehr erzählen. Bernd winkt ab: ›Ich weiß schon Chef! Sagen Sie nicht wieder *Politiker oder andere Kleinkriminelle*. Sie müssten sich bei den Beträgen, um die es heute geht, inzwischen das *klein* abschminken. Und das mit Volksgemeinschaft und Verantwortung verwechseln die Schwarzen doch schon immer. – Ich hab's eilig. Muss nach Ludwigshafen, genau zu der Party bei Bio-Xpress, von der Sie kommen. Eine Leiche. Soll aus Sipplingen angeliefert worden sein, also unser Revier. Fundort Ludwigshafen, also Revier Stockach. Tatort unklar, wahrscheinlich Sipplingen, also unser Revier. Denn daher kommt der Apfelcontainer, in dem die Leiche steckt. Soviel weiß ich. Die schlauen Jungs aus Stockach haben mit der blöden Herkunfts- und Tatortvermutung uns das Ding elegant zum Wochenende angehängt und auch gleich die Häfler Spusi in Gang gesetzt. Wir Beide haben beim Präsidium in Tübingen wohl immer noch schlechte Karten, seit wir dem ehemaligen Landesvater in unserer Freizeit keinen Sonderschutz für sein Überlinger Zweit-Domizil bieten wollten. – Ich lade Sie auf der Hinfahrt bei Ihnen zu Hause in Ernatsreute ab. Über Owingen, Billafingen und Nesselwangen bin ich dann noch rechtzeitig am Ort.‹ – Aber der Chef protestiert: ›Ne, Breunecke, kommt nicht in Frage. Wenn Spusi und Leiche, dann bin ich natürlich dabei. Ich lass Sie doch nicht am Wochenende im Stich! Fahr'n Sie den direkten Weg. Setzen Sie mich auf'm Rückweg zu Hause ab. Und unterwegs erzählen Sie mir genauer, was Sie schon wissen … Bei der Feier hat uns kein Aas was von der Leiche geflüstert. Ich steige denen aufs Dach! Wenn die das schon während der Feier wussten, ist das eine Riesensauerei …‹ Und damit öffnet er nach einem ungeschickten Schlenker die Beifahrertür, lässt sich auf den Sitz fallen und dort nach ein paar Widerworten auch anschnallen. Bernd fährt also den direkten Weg. Das heißt er teilt das Los aller Überlinger, die aus der Mühlenstraße nach Westen wollen, fährt erst einmal antizyklisch Richtung Nussdorf. Prompt muss er am Bahnübergang unterm Auer-Buckel warten, bis der Regional-Express nach Radolfszell vorbei ist. Schon beim Halt an der Schranke dreht der Chef die Scheibe runter und hechelt: ›Luft, Breunecke, Luft‹. Dann müssen sie als Linksabbieger wieder warten, bis die Schlange zur Innenstadt vorbei ist und endlich der Weg zum Auerbuckel hoch frei wird.

›Fahren Sie nicht so laut, Breunecke!‹, weist der Chef ihn zurecht, als sie den Auer-Buckel Richtung Lippertsreuter Straße und B 31 im ersten Gang hoch kriechen, ›sonst werden die empfindlichen Leute im Palatinum vielleicht durch den Motorlärm gestört!‹ Dann schweigt er, bis sie die Dreißig-Kilometer-Zone passiert haben. Zu den Leuten im Palatinum hat der Chef kein gutes Verhältnis, seit er als Gast bei einer Lesung praktisch hinauskomplimentiert wurde. Es sollten Satiren sein nach seinem Programmzettel. Und er hatte immer wieder nur als einziger gelacht. Leider war es der falsche Zettel, und es ging um ernste Kurzgeschichten. Die waren nach seiner Ansicht wirklich zum Lachen.

Nach dem Palatinum nimmt der Chef den Faden wieder auf, beschwert sich zuerst einmal über die beschissene Verkehrsanbindung des Überlinger Polizeireviers, die wohl alle OB-Kandidaten nicht in den Griff bekommen, wie sie auch immer heißen. Vielleicht müsse der Rocken mal als Nachverdichter an den Verkehr ran. Dann will er wissen, was vom Toten bekannt ist. ›Eigentlich weiß ich nur, Chef, dass die tote Person bei Bio-Xpress in einem Apfelcontainer aus Sipplingen angeliefert wurde oder angeliefert worden sein soll. Und Sipplingen soll auch der letzte Aufenthaltsort des Toten gewesen sein. Aber das ist nicht überprüft. – Und dann heißt es, dass es dringend ist. Ich vermute, dass der Tote entweder schon arg riecht oder der Betrieb unbedingt weiter laufen soll. – Mehr steht nicht auf dem Notizblatt. Außer den üblichen Telefonnummern natürlich. – Aber Sie war'n ja am Fundort oder in der Nähe, Chef, und da können Sie mir als Ortskundiger helfen!‹

Und heimlich denkt er: ›Wenn das nur nicht auffällt: Ein frisch angenüchterter Ermittlungschef im fremden Revier. Die besoffene Prominenz merkt es wohl nicht. Aber wenn der Reporter vom Südkurier noch da sein sollte, nicht auszudenken! Der hat den Chef im Palatinum erlebt. Der wärmt auch glatt meine Apfelkelleraffäre wieder auf oder fragt den Chef, ob er den Unterschied zwischen Satire und Kurzgeschichte erklären möchte. Oder er geht später bei den Stockacher Kollegen mit solchen Bemerkungen hausieren, falls die doch übernehmen müssen, um Extra-Informationen zu bekommen. Nachher steht in der Zeitung ›Angetrunkener Ermittler im Apfelrevier‹. Und dann gibt's Zunder vom Chef, weil ich ihn davon nicht abgehalten habe!‹

Noch vor dem Kreisel an der Lippertsreuter Straße muss Bernd stoppen. Der Chef tippt Bernd an, kann mit seinen dicken Backen nichts mehr sagen, reißt sich den Gurt weg, springt raus aus dem Wagen und hängt den Kopf über einen Vorgartenzaun. Sein Anteil vom Büfett und diverse Obstbrände landen in einem Vorgarten. Dann wischt sich der Chef den Mund mit einem Papiertaschentuch ab, faltet es sorgfältig und verstaut es danach in der Jackentasche: ›Genug DNA hinterlassen, Breunecke, nicht auch noch die Fingerabdrücke …‹ Und dann ergänzt er sarkastisch: ›Das Büfett muss in der Nähe der Leiche gewesen sein, auch wenn ich nichts gerochen habe!‹ Sein Verstand arbeitet also wieder.

Als Bernd kurze Zeit später von der Lippertsreuter Straße beim Benno-Markt auf die B 31 alt Richtung Osten abbiegt, um nach vierhundert Metern mit einer scharfen Rechtswendung in die B 31 neu nach Westen einzubiegen, murmelt der Chef noch einmal was von einer bescheuerten Verkehrsführung, an die er sich niemals gewöhnen kann, ehe er auf dem Beifahrersitz einnickt.

Bis Sipplingen hat Bernd Ruhe. In der dortigen Dreißigkilometerzone murrt der Chef noch mal kurz, die Felsen würden wohl kaum auf die Straße fallen, wenn Bernd ein bisschen schneller führe. Dann schläft er bis Ludwigshafen durch. Und Bernd kann noch einmal die Szene mit Judith an der Schwingtür innerlich Revue passieren lassen und seine Wut auf die Stockacher Kollegen steigern, die ihm den schönen Abend und wohl auch das Wochenende versaut haben. Allerdings … ohne die blöde Nachricht und die Begegnung vor der Schwingtür wäre er Judith immer noch nicht näher gekommen.

Fundort

Die Obsthalle bei Bio-Xpress in Ludwigshafen ist hell erleuchtet, als Bernd eintrifft und sich beim Polizisten an der Hallentür ausweist. Das große Spruchband in der Halle wird extra angestrahlt: ›BIO-XPRESS – Erste Bio-Obstpressanlage am Bodensee zum Mitschauen. Vom Apfelgarten bis ins Glas: Bio-Spaß!‹ – ›*Mitschauen* ist gut‹, denkt Bernd bei sich, ›nun ist eher *Mitschauern* angesagt!‹

Der Ludwigshafener Kollege am Halleneingang stellt sich als Hans Heinicke vor. Er hat alles mit Bändern abgesperrt und Prominenz sowie andere Gäste zum Bleiben in der Halle verdonnert, bis die Kollegen von der Kripo zur Befragung eintreffen. Man soll inzwischen Namen und Anschrift in eine Liste einschreiben und sachdienliche Beobachtungen oder Hinweise überlegen. Und der übrige Bereich der gesamten Anlage sei für Sie alle ab sofort tabu. Das wäre Sache der Kripo und der Spurensicherung.

›Es ist ja noch genug zu essen und zu trinken da!‹, meint er ironisch und zeigt auf das Büfett, als einige Gäste protestieren und gehen wollen, weil sie zum Abendessen zu Hause sein müssen. Als sie ihn weiter bedrängen, fügt er hinzu: ›Die Leiche ist älteren Datums, wie ich höre. Sie kann sich nicht am Büfett hier vergiftet haben!‹ Und damit bedient er sich selbst wie zur Bestätigung seiner Rede und nimmt danach seinen Platz am Eingang der Halle ein.

Er ist als Zugereister nicht zur Feier eingeladen gewesen. Es hieß ›Ach, Kollege, die Apfelkultur am Bodensee ist doch gar nicht Ihr Ding. Gönnen Sie uns doch das Vergnügen!‹. So hat er Dienst schieben müssen für die beiden Eingeladenen, die nun in Zivil stieren Blicks mit an einem der langen Tische sitzen. Appetit haben die nicht mehr, unterhalten sich flüsternd, warten ungeduldig.

Hans Heinicke legt bei Bernds Eintreffen sein Lachsbrötchen mit Kaviar beiseite und stellt seine Flasche mit Bio-Xpress-Apfelschorle ab. Er behält die Gesellschaft beim Gespräch scharf im Auge. ›Damit Sie sich nicht wundern, Herr Breunecke, der Betrieb im hinteren Bereich läuft auf vollen Touren. Da konnte ich nichts ausrichten. Die beiden Landräte haben das so genehmigt, nachdem der Produktionsleiter sie darum anging. Und die beiden sind auch schon verschwunden, genau so wie die Abgeordneten und die diversen Bürgermeister oder Kandidaten. ›Dringende Geschäfte‹ hieß es. Ich habe eine Stinkwut! – Sie kommen aus Überlingen!‹, fragt er dann, ›und allein?‹ – ›Nicht allein‹, gibt Bernd zurück, ›der Chef pennt noch im Auto, hat einen schweren Tag hinter sich, musste die Promis hier bei Bio-Xpress ertragen. Den wecken wir erst, wenn die Häfler Spusi da ist. – Ich schau mit Ihnen kurz den Fundort an. Und danach will ich die ersten Zeugen befragen. – Okay!? – Und das mit uns und den Häflern statt den Stockachern ist eine blöde Extra-Geschichte. Die müssen wir nicht erörtern. Die wird noch zu klären sein, aber nicht von uns Zweien. Es ist uns eben aufgebrummt worden. Leider. Vielleicht aber auch, um den Einfluss von gewissen Leuten auszuschließen, die hier mitmischen wollen! – Und nun bitte zum Fundort!‹

Heinicke ruft den Geschäftsführer herbei und sagt: ›Der soll Sie hinführen, Kollege Breunecke. Er kann Ihnen besser Auskunft geben. Ich weiß nichts, bin erst hierher gerufen worden, als die Promis schon fort waren, habe alles abgesperrt und kann jetzt als Aufpasser hier vorn nicht weg. Oder löst Ihr Chef mich vielleicht ab?‹

Das will Bernd wiederum nicht. Der Chef soll möglichst raus gehalten werden in seinem Zustand. Denn wenn die anderen ihn als ihren Mitzecher erkennen, wird es Ärger geben! Besser also nicht! Und so geht er auf den Vorschlag ein. Der Geschäftsführer stellt sich als ›Friederich Rammberg – nicht zu verwechseln mit Graf Childerich von Ramsberg, ha, ha …‹, vor. Bernd reicht ihm nach diesem blöden Spruch wortlos sein Kärtchen und zwei Plastiktüten für die Schuhe und streift selbst solche über. Danach fragt er trocken nach dem Weg zur Leiche. Es geht in den hinteren Teil der Halle, wo sich die schweren Apfelcontainer befinden, alle palettengroß und über einen Meter hoch. Sie sind in Zweierreihen ausgerichtet und fünffach hoch gestapelt, sodass nur der Gabelstapler oder Kran sie bewegen kann.

›Wir waren nicht untätig!‹, erläutert der Geschäftsführer, während sie in den Gang zwischen den Stapeln eintauchen, ›dass wir die Polizei einschalten mussten, wurde uns erst später klar!‹

›Wieso erst später, Herr Rammberg?‹, fragt Bernd erstaunt, ›es muss doch schon länger bekannt sein, dass mit dem Apfelcontainer was nicht stimmte!‹

›Nee, Herr Breunecke, so kann man das nicht sagen. Wir mussten für die Einweihung unsere Anlieferung stoppen und vorher einen Puffer für drei Tage anlegen. Die Auslieferung über die kleine Rampe an der Straße geht natürlich weiter. Normalerweise geht die Obst-Anlieferung vorn durch die Halle, wo jetzt alles für die Gäste aufgebaut ist. Alle Anlieferungen werden innerhalb von einem Tag frisch verarbeitet. So kann sich kein Ungeziefer einnisten. Wir sparen fragwürdige chemische Reinigungsaktionen; reines Wasser oder Heißdampf reichen aus. Das kommt der Qualität zugute. Wir haben trotz Erweiterung nämlich immer noch ein Platzproblem und keine zweite Zufahrt. Der Aufbau des Gastbereichs dauert einen Tag, Abbau auch. Dazwischen muss aber die Anlage laufen. Wir müssen produzieren, Geld verdienen, Löhne und Steuern zahlen. Wenn die Anlage einmal steht, kostet es viel Zeit, alle Leitungen zu spülen und mit Heißdampf wieder keimfrei zu machen. Wir arbeiten voll Bio ohne Chemie. Stillstand können wir uns also nicht leisten. Das rechnet sich nicht. Deshalb läuft der Mostbetrieb in der Saison bei Tag und Nacht in drei Schichten. Der Gabelstapler ist deswegen auch – wie Sie hören – hinten in der Halle laufend unterwegs und kippt die Äpfel aus dem Container in den Trichter fürs Sortierband!‹

›Das darf doch nicht wahr sein!‹, platzt Bernd wütend heraus, ›das ist doch alles Tat- und Fundort!‹

Rammberg unterbricht ihn sofort: ›Tat- und Fundort? Da waren die Landräte bereits anderer Meinung, als ich sie unterrichtet habe. Tatort ist wohl Sipplingen! Und es werden im Augenblick andere Äpfel sortiert und gewaschen ins Schnitzelwerk der Pressanlage geschickt, als ursprünglich geplant. Den Bereich, in welchem das störende Objekt liegt, haben wir ausgespart und betriebsintern mit Containern abgeriegelt. Da kommt keine Maus rein oder raus. – Ich hoffe, dass Ihnen das so recht ist, zumindest haben die beiden Abgeordneten uns zugesichert, dass wir …‹

›Was?‹, explodiert Bernd da, ›die Abgeordneten haben zugesichert? … Wenn der Chef das hört, gibt es ein Gemetzel!‹

›Auch die beiden Landräte waren der Meinung, dass der Betrieb möglichst wenig gestört werden soll, da zu Zeiten der Finanzkrise jeder Steuer-Euro gebraucht wird‹, setzt Rammberg ungerührt fort, ›und wir hoffen als wichtiger Betrieb hier am Ort natürlich, dass Sie das respektieren. Es hängen immerhin über vierzig Familien allein in Ludwigshafen davon ab … und natürlich unsere Zulieferer, die Obstbauern aus beiden Landkreisen.‹

Bernd reicht es: ›Wenn mein Chef jetzt hier wäre und heute noch nicht gekotzt hätte, Herr Rammberg, dann wäre das, was Sie gerade sagen, für ihn das gefundene Fressen dafür. Er würde Ihnen nach der Erwähnung von unterstützenden Landräten und Landtagsabgeordneten den Betrieb sofort und komplett bis zum Ende der Untersuchung stilllegen und einen solchen Zirkus machen, dass Sie Seiltanzen oder einen Tanzbären in der Manege zu vertreten zu ihren Lieblingsübungen erklären würden. Seien Sie froh, dass er nach seinem schweren Tag noch im Auto schläft. Erwähnen Sie ihm gegenüber niemals Protektion oder Einflussnahme durch Politiker. Dann rastet er aus!‹

Und während sie an diesem Punkt angelangt sind, hören sie auch schon den Chef mit einem Angestellten von Bio-Xpress durch die Containergasse herantappen. ›Breunecke, wo stecken Sie? Warum haben Sie mich nicht geweckt?!‹, raunzt er. Und dann steht er schon vor ihnen, ebenfalls Plastiktüten um die Füße. Rammberg wird kreidebleich, aber Bernd meint geistesgegenwärtig: ›Chef, nach dem schweren Tag wollte ich Sie noch ruhen lassen, bis die Spusi eintrifft. Herr Rammberg hier ist der Geschäftsführer.

Er will uns den Fundort der Leiche zeigen. Dankenswerterweise hat er sofort veranlasst, dass alles um den Fundort dicht verrammelt wurde. Wenn Spuren da sind, werden wir die auch noch finden können. Ich habe ihm zugesichert, dass wir den Betrieb nur im notwendigen Maße stören. Sie wissen ja Chef, dass Apfelmosten eine Saisonangelegenheit ist. Da zählt jeder Tag. Herr Rammberg ist im Übrigen sehr kooperativ. Ich denke, dass meine Zusage in Ihrem Sinne ist.‹

Der Chef nickt brummend: ›Leitender Kriminalrat Egon Schneider, damit Sie wissen, mit wem Sie es zu tun haben, Herr Rammberg. Kollege Bernd Breunecke hat Sie korrekt informiert. Ich danke Ihnen für Ihre Umsicht bei den Absperrmaßnahmen!‹

Rammberg wirft dem belustigt grinsenden Bernd Breunecke einen Blick zu, der sagt: ›Danke. Gerade noch einmal gut gegangen!‹ Damit tappen sie als Vierergruppe weiter durch den Gang, bis dieser vor einem leeren Container endet. Über diesen hinweg zeigt Rammberg weiter in den Gang hinein: ›Dort steht der Container mit dem Toten. Wir haben alles stehen und liegen gelassen, wie es war, als der Lehrling auf den Arm stieß. Nur der Schichtleiter wollte nicht glauben, dass da eine Leiche unter den Äpfeln steckt und hat gemeint, da hätte sich sicher jemand einen Scherz mit einer Vogelscheuche geleistet. Deshalb hat er am Ärmel gezogen, bis der Kopf zum Vorschein kam. Dann war ihm klar, dass ein Mensch im Container lag und kein Notarzt mehr helfen konnte. Ich wurde gerufen, habe gleich nachgeprüft, woher der Container stammt. Dann habe ich die Absperrung veranlasst und dass im Augenblick Äpfel aus anderen Bereichen der Halle verarbeitet werden, Herr Kriminalrat. Stillstand können wir uns nicht leisten …!‹ Damit endet er, als Bernd ihm einen warnenden Blick zuwirft. ›Soll ich nun einen Staplerfahrer herbeirufen, damit er …!‹ ›Nee, lassen Sie das,

Herr Rammberg. Wir sehen uns die Leiche gleich mit der Spurensicherung zusammen an! – Wir wüssten nur gern, wie Sie überhaupt darauf gestoßen sind!‹

›Ach Gott!‹, meint Rammberg, ›den Anfang haben eigentlich die Sänger vom Shanty-Chor aus Überlingen gemacht, wenn man es genau nimmt. Die wollten sich vor ihrem Auftritt einsingen. Ich war vorn, um die Vorbereitung der Party zu überwachen. Das Catering-Unternehmen brauchte letzte Anweisungen. Und da habe ich dem Shanty-Chor, weil bereits die ersten Gäste eintrafen, die Stelle hier im Apfellager zuweisen lassen, wo die Gabelstapler gerade Platz geschaffen hatten. Das war ein guter Ort, weit genug entfernt, um nicht zu stören. Schön hört sich solch ein Einsingen nämlich nicht an. Den Rest kann Ihnen mein Schichtleiter erzählen. Dann haben Sie es genau und direkt. Jedenfalls so viel: die Jungs vom Shanty-Chor Überlingen wollten vom Vorarbeiter einen anderen Platz. Es würde stinken, als ob eine tote Ratte vermuffele. Der Schichtleiter hat auch an den Containern geschnüffelt und den verdächtigen Stapel sofort auseinandersetzen lassen, nachdem die Sänger einen anderen Platz hatten. Dann hat er von den Containern aus dem Stapel den dringend verdächtigen für den Lehrling mit Kreide markiert, *Von Hand vorsortieren* drauf geschrieben und diesen beiseite stellen lassen. Wir können uns nicht leisten, schlechte Ware zu verkaufen. Eine ganze Charge Direktsaft wäre verloren gewesen, wenn eine Maus oder Ratte … undenkbar! Und wenn ich daran denke, die Leiche wäre im Trichter beim Sortierband gelandet … unvorstellbar! Der Lehrling sollte jedenfalls das Sortieren in Ruhe machen, sobald er nicht mehr vorn in der Halle mit bedienen musste! Eine tote Ratte in unserem Most können wir uns eben nicht leisten. Und kurz vor Schichtwechsel, als das Fest vorn in vollem Gange war, hat der Lehrling dann angefangen zu sortieren …!‹

›Hm, das erklärt den späten Zeitpunkt der Meldung, Herr Rammberg‹, meint der Chef, ›sind Schichtleiter und Lehrling noch da?‹

›Der Lehrling hat einen Schock erlitten und ist zu Hause‹, erklärt Rammberg, ›er ist also wohl nicht vernehmungsfähig. Aber Schichtleiter Rinke wartet im Büro. Er bearbeitet die Listen und sucht weitere Angaben über den Anlieferer heraus. Wenn er schon länger bleiben muss, ist das sicher sinnvoll und für Ihre Ermittlungen wichtig. Er prüft alle Lieferungen des Tages, um Verwechslungen auszuschließen. Wir können kein Risiko eingehen. Bio-Xpress verkauft nur Extra-Qualität. Das ist unsere Devise!‹

›Breunecke, Sie gehen ins Büro und machen da schon mal mit dem Schichtleiter weiter!‹, ordnet Schneider an, ›ich warte mit Herrn Rammberg vor Ort, damit kein Unfug passiert, bis die Spurensicherung da ist. Dann lasse ich Sie rufen.‹

Der Fund

Bernd trabt mit dem Angestellten zum Büro. ›Ich habe schon von Herrn Rammberg gehört, Herr Rinke, dass Sie am Ärmel der Leiche gezogen haben‹, eröffnet Bernd das Gespräch mit dem Vorarbeiter, ›nachher werde ich deswegen noch Ihre Personalien aufnehmen, und die Kollegen der Spusi werden auch Ihre Fingerabdrücke brauchen.‹ – Und dann übergibt er sein Kärtchen. ›Hier meine Karte, damit Sie wissen, mit wem Sie es zu tun haben!‹

Herr Rinke guckt Bernds Kärtchen an und hält es dann hoch: ›Ich bin Horst Rinke. – Sind Sie etwa der Bernd Breunecke, der damals beim Überlinger KZ-Stollen den Einfall mit dem Apfellager oder der Sektkellerei hatte?‹ Und als Bernd unangenehm berührt drein schaut, setzt er hinzu: ›Find ich gar nicht dumm die Idee! Das muss Ihnen überhaupt nicht peinlich sein, Herr Breunecke, das ist, wirtschaftlich und nüchtern betrachtet, völlig richtig. In Südtirol lagert man die Äpfel auch in großen Felsenkellern auf Stroh in Gestellen. In Klöstern wurde das seit dem Mittelalter auch so gehalten. Sechs Grad Lagertemperatur ist ideal. Bis zum Frühjahr waren die Äpfel frisch. Irgendwann kann man auch so große Räume untertage wie die Überlinger KZ-Stollen nicht mehr für nichts und wieder nichts aus teuren Steuermitteln unterhalten. Und ob der KZ-Stollen nach sechzig Jahren noch einen Erinnerungswert außer für den Stollen-Verein hat ...? – Aber nun Ihre Fragen!‹

Bei der Befragung kommt nicht viel Neues heraus. Nur die Story vom Shanty-Chor Überlingen wird noch etwas ausgewalzt: ›Der Akkordeonspieler meinte gleich, es würde hier stinken, als ob in oder unter einem Container eine tote Ratte läge. Ob wir wie die Mostbetriebe im Alten Land bei Hamburg arbeiten würden. Nach dem Saft-Erhitzen fiele das da auch nicht auf, wenn Mäuse und Ratten mitgepresst würden. Und Ratten wären schließlich auch biologische Substanz. – Pfui Teufel! Dem habe ich was erzählt! So etwas können wir uns nicht leisten. Wir machen Direktsaft im Schaubetrieb. Alles wird peinlich kontrolliert und sortiert. Bio-Betrieb – und dann so was! – Jedenfalls hat der Chor dann doch mit dem Einsingen angefangen. Weil der Chorleiter verschwunden war, um noch eine zu rauchen, musste das ein anderer tun. Kaum hatte der aber seine Stimmgabel gezückt und die Tonleiter mit ›Bi-bi-bi‹ – ›Mo-mo-mo‹ und so weiter runter singen lassen, tauchte da so ein Giftzwerg mit Mundharmonika auf, wurde ganz wild, redete von *Bühnenmeister* und *Anweisungsbefugnis* und scheuchte die Sänger rum, sie sollten sich für den Einmarsch aufstellen. Ich war froh, als die endlich zum Auftritt in die

Halle marschierten, dort mit *Der Shanty-Chor aus Überlingen sind wir* ihr Programm begannen und ich deren angetrunkenem Roadie mit seinen zittrigen Händen nicht mehr auf die Finger sehen musste, weil er um die Saftkisten schlich. Danach konnte ich mich endlich um den Apfel-Container kümmern, aus dem es verdächtig roch. Der ist eindeutig aus Sipplingen, der Apfelbauer schon seit Jahren unser Lieferant. Er betreibt noch eine kleine Brennerei, sortiert also vorher aus, was er maischen kann, liefert normalerweise Ware, die wir gar nicht mehr sortieren, sondern nur noch waschen müssen, bevor sie in das Schnitzelwerk gefüllt wird. Deswegen wären seine zwölf Container auch bevorzugt verarbeitet worden. Der fragliche Container ist vor zwei Tagen zusammen mit elf anderen vom ihm selbst angeliefert worden. Traktor mit zwei Anhängern. Die Container wurden gewogen. Alle waren im Toleranzbereich, also unauffällig, was den Inhalt betrifft. Der Probeapfel aus jedem Container war auch in Ordnung. Keine Rückstände von erlaubten Spritzmitteln, und unerlaubte sowieso nicht. Es gab bei dem Bauern nie Beanstandungen. Ich habe das über vier Jahre zurückverfolgt. Anschrift und Telefonnummer des Obstbauern sind für Sie auf ein Blatt notiert. Im Übrigen habe ich den Bauern schon her bestellt. Ich binde mir nichts ans Bein. Wenn der Tote bei ihm in den Container gekommen ist, dann soll er den gefälligst auch identifizieren!‹

›Sie haben ihm doch nicht etwa von der Leiche erzählt, Herr Rinke!‹, fährt Bernd erschrocken auf. ›Nee, so blöd bin ich nicht!‹, kriegt er zur Antwort, ›der soll seine Überraschung erleben! Ich habe ihm nur mitgeteilt, dass etwas mit seinen Äpfeln nicht in Ordnung ist, das wir sofort klären müssen. Auch wenn er gut liefert: Der Bauer ist nämlich einer von den Scheinheiligen, die sonntags eifrig in der Kirche beten und ihre Saisonarbeiter unter der Woche bis zum Geht-nicht-mehr schinden. – Dem gönne ich die kleine Überraschung. Und wenn Sie den hier festhalten, können Ihre Kollegen vielleicht den Hof ungestört durchsuchen. Der Tote muss wohl von dort stammen! – Aber ich will mich nicht in Ihre Arbeit einmischen, möchte nur, dass es mit dem Betrieb hier bald weitergeht!‹

›Sie haben gut vorgearbeitet, Herr Rinke. Mit dem Herbestellen und Durchsuchen – das ist allerdings etwas voreilig‹, meint Bernd nachdenklich, ›aber im Prinzip geht das in unsere Richtung – falls die Leiche wirklich auf dem Hof in den Container gekommen ist. Das müssen wir nämlich erst prüfen, Herr Rinke, obwohl Ihre Wiegekartenprüfung darauf schließen lässt. Jedenfalls ist uns schon geholfen, wenn jemand den Toten identifizieren kann. Ich muss Sie nun allerdings bitten zu warten, bis Sie zusammen mit dem Apfelbauern die Leiche ansehen können.‹

Der Schichtleiter verzieht zwar das Gesicht, hat sich wohl vorgestellt, nach Hause gehen zu können, meint dann: ›Okay, ich warte hier im Büro auf den Bauern und komme dann mit ihm nach. Lassen Sie mich rufen, wenn Sie mich vorher brauchen. Und wenn Sie sonst noch Fragen haben …‹

Aber solche Fragen gibt es im Augenblick nicht, denn die Spurensicherung trifft ein, und Bernd muss sie zum Fundort geleiten. Der Spusi-Chef regt sich bei Kriminalrat Egon Schneider mächtig auf, dass man hier am Freitagabend und auch noch auf fremdem Gebiet … und die lange Anfahrt. Aber da ist er beim Richtigen gelandet. Denn Egon Schneider kontert nur kalt: ›Habe ich nicht angeordnet. Ist nicht mein Bier, Kollege. Muss auch hier sein. Rufen Sie in Tübingen an oder besser gleich bei der Telefonseelsorge, wenn's Ihnen stinkt. Machen Sie aber vorher Ihre Arbeit, ich will Ergebnisse sehen!‹

Und als Bernd ihm zuflüstert, dass der Apfelbauer aus Sipplingen gleich kommen wird und man doch auch den Hof noch …, da setzt Egon Schneider süffisant dazu:

›Und ehe ich's vergesse, Herr Kollege, wir haben natürlich später auch noch auf eigenem Gelände in Sipplingen den Hof zu untersuchen, der zum Fall gehört. Wir fahren hin, sobald Sie hier erste Ergebnisse haben. Sie kommen dann bitte nach!‹

Die unterdrückte Wut des Mannes von der Spurensicherung ist fast mit Händen zu greifen, als sie nun endlich zum Fundort in der Halle gehen. ›Chef‹, flüstert Bernd seinem Boss zu, ›ging das nicht ein bisschen sanfter?‹ Aber der grinst nur und meint: ›Kenne ihn von einem Vortrag. Ist immer fürchterlich langatmig und die Arroganz in Person. Die Wut wird ihn beflügeln. Was meinen Sie, Bernd, was der gleich alles an Fehlern und Versäumnissen findet und nach oben berichtet! Und raten Sie mal, wen das trifft! – Man darf auch mal gemein sein, wenn die Stockacher uns schon den Fall zuschieben! Denn irgendwer von denen hat uns wohl in Tübingen damals angeschwärzt!‹

Noch während sie auf dem Weg sind, tippt der Schichtleiter Bernd auf die Schulter. Er hat ein verängstigtes Bäuerlein im Schlepptau. ›So, Herr Puchner‹, sagt Rinke, ›hier bei den Herren von der Kripo sind Sie richtig. Gleich, denke ich, werden Sie erfahren, was mit Ihren Äpfeln nicht stimmt. Das können wir nicht mit einer Nachlieferung aus der Welt schaffen!‹ Das Bäuerlein wird käsweiß, als Bernd sich und gleich darauf seinen Chef vorstellt.

Am Fundort sind im Nu die großen Scheinwerfer aufgestellt, und die Männer in den weißen Anzügen fotografieren, leuchten Spuren aus … lassen dann vom Werksleiter einen weiteren Container herbeischaffen, in welchen sie vorsichtig alle Äpfel legen, bis die Leiche ganz sichtbar ist. ›Endlich mal eine richtige Aufgabe, Kollegen‹, kommentiert Egon Schneider das süffisant, ›Fingerabdrücke von all den Äpfeln abzunehmen.‹ Aber der Chef der Spurensicherung ist nun ruhig geworden. Der Glanz in den Augen des Jägers ist bei ihm zu sehen, und er ist in seinem

Element. Schneiders Provokation geht zu dessen Bedauern an ihm vorbei.

Nach einer halben Stunde steht fest, dass das Opfer bereits vor vier Tagen erschlagen worden ist. Es finden sich als Verletzungen neben dem eingeschlagenen Schädel auch Prellungen am ganzen Körper. Der Mann wurde offensichtlich vor Eintreten oder erst nach Lösen der Leichenstarre in den Container gesteckt, denn es finden sich keine Verletzungen, die auf ein gewaltsames Verbiegen hinweisen. Er muss also innerhalb von vier Stunden oder erst einen Tag nach dem Tod in den Container gesteckt worden sein. Nach dem Entfernen der Leiche aus dem Container werden die Äpfel darunter untersucht, Druckstellen der Äpfel am Körper und andere Stellen verglichen, die den ersten Befund bestätigen. Der Chef der Spusi will gar nicht mehr mit Erklärungen aufhören, bis Egon Schneider sagt: ›Bitte in Kürze, Kollege: Wie lange im Container? Ist Fundort auch Tatort? Todesursache? Tatwaffe? Besondere Merkmale zur Identifizierung?‹

Damit ist der Fluss der Erklärungen gestoppt. ›Hm, nicht einfach zu beantworten, Kollege!‹, kommt es zögernd. ›Probieren Sie's einfach, Kollege!‹, bleibt Egon Schneider unerbittlich, ›ich brauche nur erste Eindrücke, den Rest später genau, wenn Sie alles untersucht haben!‹

Es stellt sich nach Aussage des Pathologen heraus, dass der Tote zwei bis drei Tagen im Container gelegen haben muss und bereits etwa vier Tage tot ist. Der Bauer kann sich nicht vorstellen, wie der Tote hineingeraten ist, da man gleich im Apfelgarten in die großen Container auf den Anhängern einfüllt. Sobald diese auf dem ersten Anhänger voll sind, wird Bio-Xpress angerufen, damit man weiß, bis wann der zweite Anhänger voll sein muss und wann angeliefert werden soll. ›Zeit ist Geld!‹, sagt der Bauer, ›und wir haben keinen Gabelstapler oder Kran, um alles auf dem Hof abzuladen und bis auf Abruf in die Halle zu stellen. Wir haben einen dritten Anhänger, damit wir weiter arbeiten können, während ich die Äpfel abfahre.‹ Vor drei Tagen hat der Bauer gegen vier Uhr am Nachmittag angerufen, wie der Schichtleiter aus seinen Notizen weiß, und dann vor zwei Tagen früh am Morgen angeliefert.

Den Toten kann der Bauer nicht identifizieren: ›Den kenne ich nicht. Kann sein, dass er bei meinem Nachbarn gearbeitet hat. Obwohl: in ihren Klamotten und mit ihren Hüten oder Mützen sehen die Saisonarbeiter fast alle gleich aus, da achtet man eher auf das Gesicht! Aber der hier hat ja einen richtigen Anzug an!‹ Und dann lamentiert er, wer ihm denn nun den Schaden ersetzt, wenn der ganze Container unbrauchbar geworden ist.

Es hört ihm keiner zu. Nicht, weil das sowieso keinen interessiert. Inzwischen sind nämlich die Taschen des Toten dran. Aus der einen Hosentasche fällt ein alter Haustürschlüssel ohne Anhänger. In der Innentasche der Jacke findet sich ein Beutel mit kleinen Briefchen. ›Ich tippe auf Kokain!‹, sagt der untersuchende Kriminaltechniker spontan, ›ein bisschen teures Aufputschmittel für einen Erntearbeiter! – Aber das muss ich näher untersuchen!‹ Aus der Gesäßtasche zieht er dann ein großes Portemonnaie mit Schweizer Franken und Euro-Noten. Der Pass im Geldbeutel passt zu den abgearbeiteten Händen des Toten. Der weist ihn als Ignaz Trochowsky aus Gnesen aus, geboren am 11. November 1959 in Warschau. Interessant wird es mit dem zweiten Pass, der sich eingenäht in den Anzug findet, ein Schweizerischer Pass. Beide zeigen das gleiche Passbild, doch handelt es sich nach diesem Pass um Beat S. Troche aus St. Gallen, geboren am 11. November 1945 in St. Gallen. Der Polizeiarzt tippt ohne Zögern auf den Schweizer Pass: ›Das ist der Richtige; vom biologischen Alter her kann nur der stimmen! – Aber: Warum macht sich Troche jünger, als er ist?‹

›Ist doch ganz logisch‹, mischt sich Schichtleiter Rinke ein, ›wenn ich mal was sagen darf: Den Rentnern zahlen die Bauern hier nicht mehr so viel, weil die angeblich weniger schaffen. Und Schweizer Staatsbürger beschäftigen sie prinzipiell nicht, weil die sich nichts gefallen lassen und das Konsulat bei jedem Dreck benachrichtigen! Deshalb nehmen die Bauern lieber Polen. Die arbeiten fleißig und halten den Mund. Muss also ziemlich in Nöten gewesen sein der Schweizer Staatsbürger, wenn er sich sogar für einen so schlecht bezahlten Job einen falschen Pass beschafft hat.‹

›Da kann was dran sein, Herr Rinke‹, meint Egon Schneider, ›wir werden trotzdem beiden Pässen nachspüren müssen. Denn wenn der polnische gefälscht ist, kann auch der originale eine Fälschung sein!‹

Dann wendet er sich an den Bauern: ›So, Herr Puchner, jetzt bin ich mal gespannt, was Sie uns über den Container sagen können. Wir fahren nämlich zu Ihrem Hof und schauen uns da ein wenig um! Wir wissen ja, dass die Anhänger mit den Containern darauf eine Nacht auf Ihrem Hof gestanden haben müssen‹

Puchner windet sich: ›Muss das sein? Ich habe doch die Container gar nicht auf dem Hof abgeladen. Die beiden Anhänger haben nur über Nacht …‹ – ›Sehen Sie, Herr Puchner‹, unterbricht ihn Bernd, ›deswegen wollen wir uns ja den Platz ansehen, wo die Anhänger …‹ Aber Puchner will immer noch nicht, hat immer noch Einwände: ›Aber wir sind mitten in der Arbeit, das stört …‹ Und Egon Schneider dazu: ›Machen Sie mir doch nichts weis, Herr Puchner, um diese Tageszeit ist Schluss mit Arbeiten. Oder soll ich gleich die Jungs von der Gewerbeaufsicht benachrichtigen?‹ – ›Nein, so meine ich das nicht, Herr Gerichtsrat!‹, wirft Puchner ein, ›aber ich muss unbedingt telefonieren!‹ – ›Und gerade das werden Sie nicht tun, bevor wir uns auf dem Hof umgesehen haben!‹, bekommt er zur Antwort, ›und wenn Sie jetzt nicht still sind …‹

›Ist gut‹, lenkt Puchner ein, ›ich fahre Ihnen dann voraus, damit finden Sie den Hof leichter!‹ – ›Ist in Ordnung, Herr Puchner‹, sagt Egon Schneider darauf schmunzelnd, ›ich hoffe, Sie haben nichts dagegen, wenn ich bei Ihnen mitfahre. Ich schau mir dann auch gern an, was für ein schönes Handy Sie haben. Herr Breunecke wird uns mit seinem Wagen folgen.‹

Sichtlich geknickt trabt Puchner aus der Halle zu einem uralten Opel-Rekord-Caravan mit Kennzeichen ›ÜB‹, öffnet für Schneider wortlos die Beifahrertür und meint beim Einsteigen: ›Anschnallen unnötig, Herr Gerichtsrat!‹ Und Schneider: ›Ich sehe schon, Gurte waren für das Modell noch nicht vorgesehen. Hoffentlich schaffen wir es mit der Rostlaube noch zu zweit bis zum Hof!‹ Damit hat er aber Puchners Stolz getroffen. Denn der legt nun los: ›Der Wagen tut's seit vierzig Jahren. So was schmeißt man nicht weg. Solange der durch den TÜV geht, fahr ich ihn auch. Ich krieg ja nicht wie die Polizei 'nen Dienstwagen gestellt. Ich muss wirtschaften. Das ›FN‹ beim Kennzeichen mag ich außerdem nicht. Die Häfler reißen sich alles unter den Nagel und tun nichts für uns an der Grenze zu den Konstanzern.‹ Schneider sagt darauf nur: ›Okay, dann fahren wir mal!‹ Und er denkt im Stillen: ›Hat wohl Recht, der Alte. Nur: die Konstanzer würden uns genau so bescheißen! Die würden auch alles an sich reißen.‹

Puchners Hof

Nach einer Viertelstunde halten sie in Sipplingen in der Koggenhalde auf dem Hof an. ›Chef‹, sagt Bernd, ›kaum zu glauben, was für enge und steile Gassen die hier haben.

Wenn Sie nicht vorausgefahren wären, hätte ich wohl schon bei der Kirche umgedreht!‹ – ›Da können Sie mal sehen, was wir für ein schweres Leben haben!‹, wirft Puchner ein, ›ich muss mit meinen Äpfeln immer den langen Weg über Längerach, Lutzental, Schallenberg und Hirschackerweg nehmen, wenn ich mit zwei Anhängern fahre, damit ich nachher unten in der Breite auf der Seestraße rauskomme. Oder ich kann die Rathausstraße runter nur mit einem Anhänger fahren und muss auch zur Breite, den dort abstellen und den anderen holen. Und fahren Sie mal unten aus der Rathausstraße raus auf die Seestraße! Es ist ein Kreuz mit den Straßen hier. Und dann machen Sie mir auch noch Schwierigkeiten!‹

›Nun machen Sie mal halblang, Herr Puchner‹, wird Schneider nun böse, ›nicht wir machen Ihnen Schwierigkeiten. Sie haben Schwierigkeiten, weil in einem Ihrer Apfelcontainer eine Leiche gefunden wurde! – Und jetzt zeigen Sie uns mal, wo die beiden Anhänger über Nacht standen!‹

›Der eine Anhänger stand hier auf dem Hof‹, kommt es verlegen vom Bauern Puchner. ›Und der andere stand wohl auf der Tenne …‹, ergänzt Schneider, ›dann zeigen Sie uns mal die Tenne. Breunecke, machen Sie schon mal das Tor auf!‹ Und damit zieht er Puchner, der sich abwehrend vor das Tor stellt, beiseite.

Drinnen sehen sie, warum Puchner unbedingt telefonieren und sie nicht einlassen wollte. Die Tenne steht voller Maischefässer, wie man unschwer riechen kann. Und an einem funzlig beleuchteten großen Tisch daneben schauen vier Männer erschrocken auf, die einen Berg von Äpfeln zum Ausschneiden vor sich liegen haben. Ein weiterer Mann will sich vom primitiven Strohlager am Ende der Tenne wegschleichen. Der gibt aber sofort auf, als Schneider kurz pfeift, und lässt die Schultern hängen. ›Breunecke, schreiben Sie alle auf und lassen Sie sich die Pässe geben, damit wir wissen, ob ein polnischer Dolmetscher reicht. Verhören tun wir die dann morgen!‹, ordnet Schneider an, ›und Sie, Herr Puchner, sagen mir zum einen schon mal, wie viele von den Helfern gemeldet sind und dann noch, wo der andere Anhänger war, denn hier drinnen ist wohl nicht genug Platz!‹

Puchner gibt stotternd zu, dass nur drei seiner Arbeiter gemeldet sind und auch, dass gar kein Anhänger über Nacht auf dem Hof stand. Er hat beide Anhänger am Morgen direkt vom Apfelgarten hinten an der Verlängerung der Morgengasse weggefahren. ›Das machen wir immer so. Kein Platz, und kaum eine Wendemöglichkeit auf dem Hof!‹, erklärt er, ›nur Bio-Xpress darf das nicht wissen. Die reißen mir den Kopf ab. Gepflückte Ware soll über Nacht bewacht auf dem Hof stehen. Ich habe aber keinen Platz. Und bewacht werden die Wagen schon!‹ – ›Nun bin ich aber gespannt, wie das funktioniert!‹, schaut Schneider den vor Angst schlotternden Puchner an. Antwort bekommt er von Frau Puchner, die aus der Küche dazu tritt, eine bekleckerte Schürze vom Apfelausschneiden umgebunden und ein scharfes Obstmesser in der Hand. ›Wir fretten uns mühsam durchs Leben!‹, keift sie, ›können uns nichts leisten, und dann macht man uns noch Schwierigkeiten. Die Äpfel bringen kaum was. Dann sollen wir sie auch noch bewachen? Wir decken draußen im Apfelgarten über Nacht eine Plane drüber und binden die fest. Und dann schaut in der Nacht einer von unsern Arbeitern nach, ob noch alles in Ordnung ist. Das muss doch wohl reichen!‹ – ›Das hat ja wohl nicht gereicht, wenn vor drei Tagen eine Leiche reingekommen ist, Frau Puchner. – Und wer schaut im Augenblick nach?‹, fragt Bernd leise aber bestimmt, als Puchner seine Frau strafend anblickt, die mit offenem Mund da steht. ›Der kommt gleich‹, sagt Puchner fast tonlos. Er hat also sechs Arbeiter, und die Hälfte ist illegal beschäftigt. ›Die Stelle, wo die

Anhänger über Nacht stehen, müssen wir noch heute anschauen, Herr Puchner‹, entscheidet Schneider, ›ich verständige die Spurensicherung über den Ort, Sie gehen mit Herrn Breunecke schon mal vor. Es kann ja nicht weit sein, wenn Sie ihren Aufpasser in der Nacht gelegentlich hinschicken!‹ – ›Nee, das ist fast ein Kilometer!‹, wirft Frau Puchner ein. ›Dann fährt der Herr Puchner eben unsern Herrn Breunecke hin!‹, korrigiert Schneider sich, greift zum Handy und tippt die Nummer der Spurensicherung ein.

Einer der Arbeiter zieht Bernd Breunecke unterdessen am Ärmel, flüstert dann: ›Nix Man fir Aufpasse. Alles Man muss arbeite. Letztes Man fir Wache nix zurick vor finf Tag!‹

Puchner lügt also auch hier. Er muss den Toten kennen. ›Danke!‹, sagt Bernd zum ›Verräter‹, ›ich werde sehen, was ich für Sie tun kann!‹ Dann berichtet er dem Chef davon und fragt Puchner, der nach Bernds Befragung seinen ›Verräter‹ wütend anschaut, wo denn die Sachen des Toten geblieben sind. Bernd soll das mit Frau Puchner klären, und Puchner bei ihm bleiben. Dann ruft er noch einmal per Handy bei der Spurensicherung an, ob man ein Bild des Toten mitbringen könne. Es gäbe da eine Spur. Und er nickt zufrieden, als er eine positive Antwort erhält.

›So, Herr Puchner!‹, geht es dann weiter, ›Sie haben uns wohl belogen, was die Leiche angeht. Sie sind mir jetzt einen Haufen Erklärungen schuldig!‹ Und Puchner kleinlaut: ›Das ist so, Herr Gerichtsrat …‹. ›Kriminalrat, wenn schon, Herr Puchner, noch stehn Sie nicht vor Gericht!‹, unterbricht ihn Schneider, ›Sie sagen das schon die ganze Zeit falsch. Wohl schlechtes Gewissen? – Aber weiter bitte!‹

Und Puchner gibt nun eine längere Erklärung: ›Der Ignaz Trochowsky hat nur am ersten Tag der Erntesaison ganz kurz bei uns auf dem Hof geschlafen. Dem war das Lager zu primitiv. Und der hat auch am Abend keine Äpfel ausschneiden wollen, obwohl das extra bezahlt wird. Hatte dann irgendwo in der Nähe eine Bleibe, kam jedenfalls morgens immer pünktlich mit dem Fahrrad. Vor sechs Tagen kam er wieder zu Fuß und hat seinen Koffer hinten auf der Tenne abgestellt. Aber geschlafen hat er nicht hier wieder. Und vor fünf Tagen ist er einfach auf der Wache abgehauen. Hat nicht mal seinen Lohn gefordert. Ich dachte, der käme bestimmt wieder, um Koffer und Lohn abzuholen!‹

›Musste er auch nachts die Anhänger mit den Apfelcontainern kontrollieren?‹, fragt Bernd, als er hinzutritt, einen verbeulten großen Aluminiumkoffer an der Hand. ›Klar‹, gibt Puchner zu, ›das musste er. Und bei so einer Wache hat er sich auch verdünnisiert. Mir fällt ein, dass er auch dämliche Fragen an mich hatte und ein merkwürdiges Interesse an einer unterirdischen Fabrik, die hier gewesen sein soll. Sein Onkel habe ihm davon erzählt. Er soll auch Nachbarn im Ort gefragt haben. Aber wer weiß schon von so etwas. Unterirdische Fabrik – davon habe ich noch nie was gehört.‹

Der Chef schaut Bernd an und grinst nur, sagt nichts. Und Bernd nickt, sagt auch nichts. Für beide erreicht das eine neue Dimension. Und Bernd denkt an den komischen Einbruchsfall, für den er den Bericht schreiben musste. Jetzt scheint es ihm auch sinnvoll, den Goldbach-Stollen zu bewachen. Da scheint etwas nicht zu stimmen.

Den Koffer geben sie gleich an die Spurensicherung weiter, als diese eintrifft, lassen sich das Bild des Toten aushändigen und dann von Puchner auf die Plantage fahren. ›Kommen Sie mit voller Beleuchtung nach!‹, ordnet Schneider an. ›Ich denke, dass wir jetzt den Tatort finden!‹

›Und für Sie!‹, wendet er sich an Puchner, ›wird das Ganze ein ziemliches Nachspiel haben. Wir sind morgen wieder mit einem Dolmetscher hier. Und ihre Leute bleiben im Haus. Morgen nix Apfelernte! Und jetzt zeigen Sie uns die Stelle. Ist das klar?!‹ Puchner will etwas sagen, nickt dann aber nur, lässt Schneider und Bernd in seinen Wagen einsteigen und fährt los.

Tatort

Nach etwa achthundert Metern stehen sie neben dem Weg, der die Morgengasse fortsetzt, im Apfelgarten bei zwei zugedeckten Anhängern. Wohl die Ernte des Tages. Daneben befindet sich ein kleines Holzhaus. ›Schlafen da drin noch ein paar Erntehelfer?‹, fragt Schneider boshaft. ›Nee, Herr Gerichtsrat‹, kommt es kläglich von Puchner, ›das ist zu klein. Da drinnen sind nur Körbe und Haken und Ackergerät. Und die Planen kommen da rein. Die Leitern bleiben über Nacht stehen. Es muss morgens ja gleich weitergehen.‹

›Chef‹, überlegt Bernd laut, als sie noch im Wagen sitzen und die Scheinwerfer die Fläche neben dem Wagen beleuchten, ›wenn der Mann hier in den Container gekommen ist, muss das nicht unbedingt auch der Tatort sein.‹ Und dann wendet er sich weiter an den Bauern: ›Wohin führt eigentlich der Weg, wenn man den weiterfährt?‹

›Der geht weiter zur Süßenmühle‹, antwortet Puchner, ›ein Umweg sogar nach Hödingen!‹

›Sollten wir im Auge behalten!‹, überlegt nun auch Schneider laut, ›und nach Wagenspuren suchen, aber die Leiche muss hier in den Container gekommen sein. – Was haben Sie eigentlich sonst noch in dem Holzhäuschen, Herr Puchner, und was für einen Wagen haben sie vor diesem Museumsstück gefahren?‹

›Na ja‹, überlegt Puchner, ›im Holzhaus sind noch Geräte, die man für die Bodenbearbeitung unter den Bäumen gebraucht und altes Werkzeug. Und früher habe ich einen Ford gefahren, die berühmte Badewanne, wenn Sie die kennen. Aber die Karre fing schon nach zwei Jahren an zu rosten. Da habe ich sie lieber verkauft!‹

›Wir sehen uns trotzdem in dem Häuschen um, Herr Puchner‹, meint Schneider, ›sicher ist sicher. Vielleicht findet sich ja dort was. Wenden Sie doch schon mal den Wagen. Dahinten kommt die Spurensicherung!‹ Aber noch während sie wenden, schreit er plötzlich ›Halt, Puchner, so stehen bleiben mit dem Auto! Sehen Sie da vorn nicht auch einen Hügel, Breunecke?‹

Und dann sieht auch Bernd, dass da Arbeit auf sie wartet. Eine leichte Erhebung, im Scheinwerferlicht zu erkennen, nur zwei Meter neben den beiden Anhängern. Die Spurensicherung stellt ihre großen Lichtgalgen auf, ehe sie fluchend beginnt. Im unverschlossenen Holzhaus findet sich ein verrostetes S-förmiges Werkzeug wie ein Nageleisen. Daran Blut- und Haarreste. ›Das ist ein Montiereisen für die Reifen von der Badewanne‹, staunt Puchner, ›das habe ich doch mit der Karre vor vierzig Jahren verkauft. Wie kommt denn so etwas hier her?‹

Unterdessen haben die Leute der Spurensicherung auch den kleinen Hügel aufgegraben. Gute, knackige Äpfel kommen zum Vorschein. Eine ganze Menge. Der Chef der Truppe schaut sich das kurz an, dann wendet er sich an Egon Schneider: ›Die Äpfel in der Grube dürften grob geschätzt dem Gewicht der Leiche entsprechen. Im Holzhaus haben wir auch eine Schaufel mit Erdresten gefunden, die Fingerabdrücke untersuchen wir noch!‹

›Herr Puchner‹, sagt Egon Schneider nun kalt, ›wie es aussieht, müssen wir nur noch Ihre Fingerabdrücke auf dem Eisen und der Schaufel identifizieren. Ich denke wir nehmen Sie vorläufig fest!‹

›Nee, Chef‹, mischt sich Bernd ein, ›nicht so voreilig. Wenn auch sonst alles passen könnte – eines passt nicht. So geizig wie Herr Puchner ist, würde er doch nie die Äpfel hier verrotten lassen! – Und: Der hätte doch nie die Leiche in den Container gesteckt. Spätestens in der Apfelsortierung wäre das aufgefallen. Außerdem: das Holzhäuschen ist nicht verschlossen, und man kann auch von der Süßenmühle hierher fahren, ohne dass Herr Puchner das in der Koggenhalde überhaupt merkt.‹

›Kann was dran sein, Breunecke‹, kriegt Bernd es zurück, ›mit dem Geiz zumindest. Aber von Äpfeln haben Sie keine Ahnung. Die verfaulen so schnell nicht im Boden. Auch wenn Puchner die in ein paar Tagen wieder ausgegraben hätte, wären sie zumindest noch zum Maischen gut gewesen. Sie sehen doch, wie frisch die Äpfel sind! – Aber gut: Mit dem Einpacken in den Container können Sie Recht haben. Wir warten noch die Fingerabdrücke ab!‹

Schaufelstiel und Montiereisen tragen keine Fingerabdrücke, wie sich sofort zeigt. Es muss jemand mit Handschuhen gearbeitet haben. Puchner kann es gewesen sein oder auch nicht. Mit Erde an seinen Stiefeln ist ihm sowieso nichts zu beweisen. Er war auf seinem Acker. Während die Spurensicherung noch weiterarbeitet und nach fremden Reifenspuren sucht, fahren sie etwas missmutig zurück zum Hof.

Als sie dort ankommen, erreicht sie noch ein Anruf von der Spusi, dass man fremde Reifenspuren gefunden hat. Der Erntearbeiter, welcher Bernd den Tipp ›nix Wache‹ gegeben hat, wird noch einmal kurz befragt, ob der Bauer selbst die Wache übernommen habe oder in der Nacht fort war. ›Bauer nix fort in Nacht!‹, kriegt er zu hören, ›Bauer und sein Frau jedes Nacht schneide klein Apfel!‹

Nach kurzer Beratung sagen sie deshalb dem Puchner, dass er nicht verhaftet ist, sich aber zur Verfügung halten muss, weil er noch nicht aus dem Schneider ist.

Das teilen sie auch der Spurensicherung mit und verabreden für den nächsten Nachmittag eine telefonische Besprechung, weil sie am Morgen noch die Erntehelfer einzeln mit einem Dolmetscher vernehmen wollen.

›So, Breunecke, jetzt aber nach Hause!‹, befiehlt Schneider, als sie im Wagen sitzen, ›nur eins wüsste ich noch gern: Wo wohnt der Rinke, und warum haut der den Puchner so aalglatt in die Pfanne. Da stimmt doch was nicht! – Fahren Sie noch mal zu Bio-Xpress. Die arbeiten doch Schicht. Da können wir das erfragen!‹

Und so fahren sie noch einmal nach Ludwigshafen-Bodman. Aber sie kommen nicht ins Werk, obwohl die Nachtschicht arbeitet. Die Pforte ist verschlossen und nicht besetzt. In der Nacht wird eben nicht angeliefert.

›Gut‹, meint Schneider darauf, ›dann fahren Sie mich mal ihre geliebte Strecke über Bonndorf und Billafingen nach Hause. Ich bin hundemüde.‹

Aber dort kommen sie heute nicht durch. Als sie nämlich die Bergstraße rauf fahren, ist gleich an der ersten engen Kehre alles gesperrt. Unfallbergung. Ein Audi TT mit FN-Nummer ist an einem Baum zerschellt. Der Fahrer wohl tot, denn der Zinksarg wird gerade geschlossen. Als sie fragen, wann es weitergeht, sagt ihnen der Verkehrspolizist: ›Kann noch ne Stunde dauern. Tut mir Leid. Am Audi sind hinten links frische Farbspuren von einem anderen Fahrzeug und eine Delle. Wir müssen alles sichern und die Spurensicherung bestellen. Den scheint jemand von der Straße geschossen zu haben!‹

›Dann nichts wie weg, Breunecke!‹, sagt Schneider, ›ehe wir hier auch noch auf fremdem Gebiet ermitteln müssen, weil der TT-Fahrer aus unserm Kreis stammt und wir zufällig da sind. Für heute habe ich die Schnauze voll!‹

So wenden sie und fahren über Sipplingen und Goldbach zur B 31 neu, biegen Richtung Lippertsreute ab, dann nach Ernatsreute, wo Bernd seinen Chef im Öschle absetzen will, ehe der wieder über die Überlinger Behörden herziehen kann. Jedesmal regt er sich neu auf, dass die Straße, die schon lange bestand, auf Kosten der Anwohner völlig neu gebaut wurde. Das kann Bernd heute nicht mehr hören. Und im Grunde ist er froh, dass sie nicht über Bonndorf fahren konnten. Nachts ist die schmale Straße von Nesselwangen über Reutehof nach Billafingen kein Zuckerschlecken.

›Wer holt Sie morgen ab, Chef?‹, fragt Bernd, als er den Chef vor der Weiterfahrt nach Owingen in Ernatsreute absetzt. ›Kümmern Sie sich nicht drum, Breunecke!‹, brummt Schneider. ›Werd schon rechtzeitig gebracht. Ist ja schließlich Samstag. Sehen Sie zu, dass Sie morgen die Ergebnisse der Häfler kriegen und dass Sie einen Polnisch-Dolmetscher auftreiben!‹

Samstag, 20. September
Vernehmungen

Bernd sucht im Büro als erstes Judiths Nummer heraus. Ruft an. Niemand da. Ist wohl schon zum Einkaufen. Dann fährt er den Computer hoch und gibt über EUROPOL Anfragen nach Gnesen und St. Gallen wegen der Pässe ein.

Danach checkt er die Liste der Polnisch-Dolmetscher und ruft an. Jan Zylinski, der zweite auf der Liste, ist verfügbar und wird um zehn Uhr bei ihm im Büro sein.

Die Berichte aus Friedrichshafen liegen ebenfalls vor. An den Äpfeln rings um die Leiche haben sich weder bei Bio-Xpress, noch auf dem Hof verwertbare Spuren gefunden. Bei den eingegrabenen Äpfeln wurden Faserspuren sichergestellt, die noch nicht zuzuordnen sind. Gleiche und andere Faserspuren fanden sich auf der Kleidung des Toten und an beiden Planen der Anhänger in der Plantage. Die Spurensicherung möchte deshalb Vergleichsproben von allen Arbeitern auf dem Hof und vom Bauern Puchner nehmen, dazu vom Lehrling und vom Schichtleiter bei Bio-Xpress. Das Montiereisen aus Puchners Holzschuppen ist die Tatwaffe. Es stammt von einem Ford 17 M P 5, ist also jüngeren Datums als das einer Ford-Badewanne, wie Puchner sie fuhr. Es fanden sich neben den Blut-, Haar- und Geweberesten des Toten auch relativ frische blaugraue Farbspuren an der Tatwaffe. Die Spurensicherung möchte noch einmal Farb-Vergleichsspuren auf dem Hof und im Schuppen sowie vom Container nehmen. Dazu erscheinen auf dem Bildschirm Aufnahmen der Gegenstände und des Toten.

Bernd betrachtet die Aufnahmen genauer und stutzt beim Montiereisen, vergrößert den Farbrest darauf und zieht aus einer anderen Datei die Aufnahme der Tür des Goldbach-Stollens daneben. Das Grau-Blau scheint ähnlich. Er wird also eine Farbprobe abkratzen und vergleichen lassen müssen. Dann hätte er vielleicht eine Spur zu diesem Täter. Ein sehr merkwürdiger Zufall wäre das, aber: Der Tote hatte nach Aussage von Puchner nach einer unterirdischen Fabrik gefragt!

Der verbeulte Aluminiumkoffer des Toten, ein Schweizer Modell, musste aufgebrochen werden, da beim Toten kein Schlüssel gefunden werden konnte. Es gab keinerlei Kokainspuren. Im Koffer befanden sich normale Kleidungsstücke eines Arbeiters. Es fehlen aber frische Wäsche und alle Körperpflege-Utensilien.

Für Bernd steht das im Widerspruch zum verhältnismäßig gepflegten Körper des Toten, bei dem nur die Hände ungewöhnlich verarbeitet aussehen. Und er erinnert sich, dass Puchner davon gesprochen hat, Troche sei mit dem Fahrrad gekommen, aber vor sechs Tagen wieder zu Fuß und habe den Koffer hinten auf der Tenne abgestellt. Davon, dass er dort wieder geschlafen habe, war keine Rede. Aber Troche war in der Nacht zur Kontrolle geschickt worden. Das sprach für einen Schlafplatz in der Nähe des Bauernhofes. Das Kommen mit dem Fahrrad dagegen für einen Platz etwas weiter weg. Das musste er dem Chef vortragen.

Die bereits am Leichenfundort diagnostizierten Blutergüsse rührten von Tritten und Schlägen her … Und der Tote war beschnitten. Keine Kokainspuren in den Haarspitzen. Aussagen ließen sich sonst nicht machen. Fremde DNA-Spuren an Gesicht, Händen und Kleidung des Opfers würden noch analysiert. DNA-Vergleichsproben aller Kontaktpersonen wären deshalb nötig!

Hinter dem Innenfutter des Koffers hatten sich zwei Zeichnungen neben zwei alten Briefen befunden. Diese trugen Fingerabdrücke des Toten und solche älteren Datums. Die Briefe und der Plan liegen eingescannt und ausdruckbar an.

Auf dem Weg hinter Puchners Gerätehaus hat man Autospuren sicherstellen können. Sie müssen von einem Renault Fünf stammen.

Bernd gibt alles auf den zentralen Drucker und öffnet die inzwischen eingetroffenen Antwort-Mails aus Gnesen und St. Gallen. In Gnesen ist ein ›Ignaz Trochowsky‹ mit den angegebenen Daten nicht bekannt, es gibt allerdings eine Familie Trochowsky. In St. Gallen ist dagegen ein Samuel Troche verzeichnet, mit dem die Daten übereinstimmen, Beruf Bank-Kaufmann. Und als weiterer Vermerk. ›In die Villa Troche wurde im vergangenen Jahr mehrfach eingebrochen, wir bitten um weitere Informationen.‹

›Das ist ja schon was‹, denkt Bernd, ›Da geht ein pensionierter, offensichtlich jüdischer Villenbesitzer und Bankkaufmann nach Sipplingen, arbeitet unter falschem Namen als Erntehelfer und fragt die Leute nach einer unterirdischen Fabrik aus. Kurz darauf wird er gefoltert und erschlagen. Dahinter steckt mit Sicherheit etwas völlig Anderes. – Ich muss doch einmal den Vorsitzenden des Goldbach-Vereins fragen. Oder der Chef muss …‹

Um zehn Uhr steht der Polnisch-Dolmetscher in der Tür, als Bernd mit allen Papieren vom zentralen Drucker zurückkommt. Vom Chef noch keine Spur. Dagegen geht das Telefon. Judith ist dran: ›Ich bin vom Einkaufen zurück und habe die Nummer der Dienststelle auf dem Display gesehen. Gibt es was Dringendes, Bernd?‹ – ›Und ob!‹, sagt Bernd gequält, ›der Dolmetscher wartet vor der Tür. Der Chef sollte längst da sein, damit wir in Sipplingen fünf Polen verhören und noch DNA-Proben dort und in Ludwigshafen abnehmen. Jetzt muss ich wohl allein hinfahren. Und dann liegt ein ganzer Stapel auf dem Tisch, den ich mit dem Chef besprechen muss: die Ergebnisse von drei Plätzen, die mit der Leiche aus Sipplingen zu tun haben, da kommt die tatsächlich her, aber eigentlich aus der Schweiz. Ich erklär es Dir am Montag, denn ich muss los!‹ – ›Schade, Bernd, ich habe so etwas Gutes auf dem Markt eingekauft. Hast Du nicht wenigstens heute Abend Zeit?‹, kommt es sehr enttäuscht zurück. ›Ich komme gern. Aber das übersehe ich erst, wenn ich aus Ludwigshafen und Sipplingen zurück bin. Ich rufe Dich sofort danach an, dann können wir auch die Zeit ausmachen. Soll ich Rotwein oder Weißwein mitbringen?‹, fragt Bernd. ›Du Schlaumeier‹, lacht sie, ›willst wohl auf diese Weise rauskriegen, was es gibt? – Wenn schon, dann bring einen trockenen Sekt mit, am besten einen Brut. Es gibt da einen hervorragenden bei Benno-Markt im Angebot. Und die haben bis acht Uhr abends offen. Das wirst Du doch schaffen. Oder?‹ – ›Du hast mich durchschaut, okay, ich bringe den trockenen Sekt vom Benno-Markt mit und lass mich überraschen! Bis später!‹, sagt Bernd noch ehe er auflegt, und dann fällt ihm ein, dass ja auch noch raussuchen muss, wo sie wohnt.

Während er alle Unterlagen zusammenpackt, klingelt das Telefon erneut. Der Chef ist kleinlaut dran: ›Können Sie mich abholen, Breunecke?‹ – ›Bin sofort bei Ihnen, Chef. Sie müssen mir nix erklären: Alle unterwegs oder bei der Sabine Metzger oder beim lieben Martin Schwarzbrodt oder beim Markus Einstock!‹ Damit legt er auf, winkt dem

Dolmetsch, mit zu kommen und braust mit ihm Richtung Ernatsreute, das heißt er muss wieder Richtung Nussdorf, an der Schranke warten und so weiter. Der Chef empfängt ihn eine halbe Stunde später etwas ungnädig: ›Bin sofort bei Ihnen – und dann 'ne halbe Stunde, Breunecke!‹ Aber Bernd punktet: ›Chef, die Überlinger Verkehrsverhältnisse! Sie wissen doch: Alle OB-Kandidaten arbeiten schon heftig an der Lösung!‹ Aber Egon Schneider kontert: ›Bis das soweit ist, fahren wir mal lieber Ihre Wunderstrecke über Billafingen und Nesselwangen nach Ludwigshafen. Horst Rinke hat meine Neugier geweckt. Übrigens sind es nur noch vier Kandidaten. Ich habe mit Stockach und Konstanz telefoniert. Im Audi TT saß vermutlich einer der Kandidaten. Und das Komischste: Im TT wurden Kokainbriefchen gefunden. Den Audi hat jemand mit nem grünen Fahrzeug abgeschossen. Ein grüner Landrover wurde kurz hinter der Abbiegung zum Buohof verlassen im Wald gefunden, war gestern Morgen schon in Bonndorf als gestohlen gemeldet. Die Fußspuren führen ins Nichts. Aber DNA wurde sichergestellt. Wir kommen an dem Wagen vorbei, wenn sie ihn noch nicht abgeschleppt haben!‹

Bernd protestiert heftig: ›Chef, wir fahren erst zum Bauern Puchner. Fünfmal Fingerabdrücke, achtmal DNA, fünf Verhöre mit Dolmetscher. Das reicht. Zwischendurch können Sie gern die Daten vom Rinke abfragen oder den Haufen Papiere hier durchsehen. – Der Rinke läuft uns nicht weg, eher sehen wir drei von den Arbeitern nicht mehr. Rinke eilt nicht!‹

Knurrend willigt Schneider ein: ›Sie nutzen schamlos meine Notlage aus, Breunecke, weil ich kein Fahrzeug habe. Ich werde Sie doch noch den Wächtern vom Goldbach-Verein zur Sicherheitsverwahrung im Apfel-Stollen überantworten müssen!‹ Und dann lacht er schallend, als er Bernds Zucken im Gesicht sieht: ›Los, an die Arbeit! Der Tag wird nicht jünger!‹

Über Owingen, Kogenbachkreisel, B 31 alt, Tierheimkreuzung und Auffahrt Aufkirch fahren sie die B 31 neu nach Sipplingen und stehen endlich in der Koggenhalde auf Puchners Hof. Puchner und seine Arbeiter sitzen brav in der Tenne und schneiden Äpfel aus.

Die DNA-Proben sind schnell entnommen, beschriftet und verstaut. Fingerabdrücke haben die Spurensicherer schon am Vorabend von allen genommen. Die Faserproben von den Kleidern sind auch bald eingetütet, da alle sieben Personen seit Tagen dieselbe Oberbekleidung tragen.

Das Verhör bringt nicht viel. Der Dolmetscher ist unterwegs schon instruiert worden, was er fragen soll. Die Arbeiter sagen übereinstimmend aus, dass sie sofort gemerkt haben, das Trochowsky kein Pole gewesen sei, obwohl er mit ihnen Polnisch gesprochen habe. Sie hätten ihm gesagt, er sei sicher ein Spitzel. Deswegen sei der wütend geworden und habe sich auch ein anderes Quartier gesucht. In Goldbach sei das, habe er zu ihnen gesagt. Aber vor sechs Tagen sei er ohne das Fahrrad nur mit dem Koffer gekommen und auch schlecht gelaunt gewesen. Trochowsky habe sich an dem ersten Morgen, als er bei ihnen auf dem provisorischen Lager übernachtet habe, sehr sorgfältig gewaschen und rasiert. Und genau so sei er jeden Morgen gekommen. Die Sachen dazu habe er immer in einer kleinen Reisetasche gehabt, wie man sie im Flugzeug benutzt. Nein, Kokain habe er ihnen nicht angeboten. Auf die Zusatzfrage, wo Trochowsky denn in der Nähe genächtigt haben könne, kommt heraus, dass Frau Puchner ihn vor fünf Tagen am Abend in den Fischerweg hat einbiegen sehen, als sie noch beim Fleischer Wurst für das Abendessen geholt hat. Aber da würde niemand ein Zimmer vermieten und das sei auch eine Sackgasse.

Am späten Mittag sind sie fertig mit den Befragungen. Puchner darf auf Bernds Vorschlag hin am Nachmittag wieder mit den Leuten in den Apfelgarten, soll aber Körbe vom

Hof mitnehmen und das versiegelte Gerätehaus nicht betreten. Er ist dankbar und sagt deshalb zu Bernd: ›Herr Breunecke. Ich habe eine Vermutung, wo Trochowsky hier in der Nähe gewesen sein kann. Mein Nachbar unten an der Rathausstraße, der Rudi Rechberg, hat mich heute Morgen gefragt, warum sich mein Arbeiter, der mit dem Fahrrad kommt, neulich nach dem Preis vom Haus in der Fischerweg vier erkundigt hat und ob man das besichtigen kann. Das Haus steht nämlich leer, weil der letzte Bewohner im Februar gestorben ist. Rudi hat dem Trochowsky gesagt, dass er keinen Preis kennt. Das Haus soll nämlich versteigert werden. Die Sparkasse hat den Daumen drauf und auch den Schlüssel. Wer geschickt ist, kann aber sicher über die Hintertreppe vom Garten her rein. Vielleicht fragen Sie mal den Nachbarn!‹

›Danke für den Tipp, Herr Puchner‹, sagt Egon Schneider anstelle von Bernd, ›Sie werden ja richtig kooperativ und sammeln Pluspunkte bei mir! Dann gehen Sie jetzt auch bitte schnell mit zum Nachbarn Rudi, damit wir weitersehen können!‹

Der Nachbar am Fischerweg, ein alter Mann, zeigt ihnen kurz darauf, wie sie durch den Garten zur recht morschen Hintertreppe des ansonsten stattlichen Fachwerkhauses kommen. Die Tür ist nur angelehnt. Sicherheitshalber ziehen Bernd und sein Chef Handschuhe an, bevor sie weitergehen und schärfen Rudi Rechberg ein, nichts anzufassen. Das Licht im Haus funktioniert. Überall Bücherregale in den ungewöhnlich hohen Räumen, und alle voll. Rechberg erklärt Ihnen: ›Der Anton Salcher war ein richtiger Büchernarr. Eigentlich wollte der nur Bücher haben und lesen. Das Verkaufen war ihm völlig egal. Ich durfte mir die Bücher leihen. Deswegen hatte ich auch einen Schlüssel. Und so habe ich ihn auch gefunden, wie er tot im Bett lag. Der Arzt konnte nur noch den Totenschein ausstellen. Das mit dem Bücherausleihen ist ab nächste Woche wohl vorbei, wenn das Verwertungsunternehmen aus Lindau alles ausräumt. Alle Bücher – ab in den Müll. Alle Möbel – ab in den Müll. Schrecklich!‹

Im Bad im Ersten Stock werden sie fündig. Hier steht eine kleine Flugtasche. Arbeitskleidung hängt auf einem Stuhl. Frische Unterwäsche ist sauber auf einem Kasten daneben aufgestapelt. Rasierzeug liegt beim Waschbecken. Bernd untersucht die Flugtasche, findet zunächst ein paar Papiere, die ihm interessant erscheinen, denn auf zwei Umschlägen prangt der Stempel vom Goldbach-Verein. Stumm zeigt er die Umschläge seinem Chef und steckt sie dann in einen Plastikbeutel. Sonst scheint die Tasche unverdächtig, bis er sie hoch hebt. Das Gewicht stimmt nicht, obwohl sie fast leer ist. Als er den mit Plastik bespannten Boden herausnimmt, sieht er schließlich, woran das liegt: Ein Tuch, auf dem sich die Konturen einer Pistole abzeichnen. Bernd nimmt die Pistole samt Tuch und Ersatzmagazinen heraus und steckt sie ebenfalls in einen Beutel. Egon Schneider ruft die Spurensicherung an, beschreibt den Zugang zum Haus und versiegelt den Hintereingang: ›Die Leute sollen unbedingt den alten Haustürschlüssel mitbringen, der beim Opfer gefunden wurde, und an den Türen ausprobieren. – Und dann sollen sie nach Kokainspuren suchen. Wir haben da nämlich keine Hinweise gefunden!‹

Zum Nachbarn sagt er dann, ›Herr Rechberg, jetzt haben Sie noch eine Aufgabe, weil wir dringend weiter müssen: Sie zeigen den Leuten von der Spurensicherung den Eingang zum Haus, sobald die eintreffen. – Und falls Sie noch einen Schlüssel haben sollten, dann vergessen Sie nicht, den herauszugeben, sonst kommen Sie in Schwierigkeiten! – Stammen Sie übrigens von hier? Der Name Rechberg passt doch eher nach Tübingen!‹

›Ach‹, sagt Rechberg darauf, ›die Schlüssel habe ich dem Herrn vom Verwertungsunternehmen aus Lindau gegeben.

Die wollen nächste Woche das Haus für die Versteigerung ausräumen. Und Rechberg bei Tübingen verwechseln viele mit dem Reckberg bei Neuss, wo das Römerkastell ausgegraben wurde. Ich heiße Reckberg, nicht Rechberg, und komme aus Grimmlingshausen. Das ist da in ganz in der Nähe und wird auch öfter mit Grimmelshausen verwechselt. Mich hat es aber wie den Simplizius Simplizissimus im Krieg hierher verschlagen!‹

Schneider meint: ›Interessant, Herr Reckberg‹, und wendet sich dann an den Dolmetsch: ›Sollen wir Sie am Bahnhof Sipplingen absetzen, Herr Zilinsky, oder wollen Sie noch den Schlenker über Ludwigshafen-Bodman mit uns machen. Es kann allerdings länger dauern!‹

Der Dolmetsch will nicht mehr mitfahren, als ihm Reckberg erklärt, dass es vom Fischerweg nur etwa siebzig Meter bis zum Bahnhof sind, lässt sich von Schneider einen Stundenaufwand von drei Stunden quittieren und verabschiedet sich.

›So, jetzt rücken wir noch dem Rinke auf die Pelle, Breunecke!‹, meint Egon Schneider. ›Gucken Sie auf die Uhr, Chef‹, seufzt Bernd, ›wollen Sie nicht zu Mittag essen!‹

›Wollen Sie mich provozieren, Breunecke? Gegessen und getrunken habe ich gestern. Und das ist schief gegangen, wie Ihnen nicht unbekannt sein dürfte!‹, meint Egon Schneider darauf. Und Bernd platzt heraus: ›Chef, nicht in jedem Anfang liegt ein freudiges Ende. Aber dafür sind die meisten Anfänge schön. Nur das Sprichwort ›Was lange währt, wird endlich gut‹ stimmt nicht, wenn man beim Anfangen das Aufhören vergisst!‹

›Sehr philosophisch, Breunecke, Sie meinen also, Sie dürften meine Art zu speisen kritisieren! Immerhin bin ich gestern doch den ganzen Schmarrn losgeworden, ohne dass Sie mich als mein untergebener Haussklave mit der Feder im Hals haben kitzeln müssen‹, gibt der Chef sich gnädig und lenkt dann ein: ›An der ersten Futterkrippe dürfen Sie für Pommes mit Mayo halten. Dazu genehmige ich Ihnen eine Cola, damit Sie wach bleiben. Dann haben Sie noch für das Abendessen mit dem trockenen Sekt vom Benno-Markt Platz, Sie Schwerenöter.‹

›Wie haben Sie denn das wieder dem Dolmetsch aus der Nase gezogen, Chef?‹, fragt Bernd den Kopf schüttelnd. ›Aber danke für die große Rücksichtnahme. Ich halte an der Pommesbude am Ortseingang. Wollen Sie nicht doch eine Currywurst wie sonst.‹ Aber Schneider zeigt auf seinen Bauch, bläht ihn noch extra dabei auf und verneint: ›Gestern gesündigt, heute strenges Fasten. Hilft der Seele und schärft den Verstand!‹ – ›Und die Zunge wohl auch, Chef‹, ergänzt Bernd sarkastisch, ›wenn ich das mal so sagen darf!‹

In Ludwigshafen genehmigen sie sich aber doch beide eine Portion Pommes. Bernd mit Mayo, der Chef mit Ketchup. ›Jetzt bloß nichts Fettiges, sagte der Betrunkene, dem es fürchterlich schlecht ging, als der Pfarrer ihm die letzte Ölung anbot!‹, kommentiert Schneider grinsend seine Wahl und gibt noch eine Cola für beide aus.

Danach fahren sie zu Bio-Xpress und fragen nach Rinke und dem Lehrling. Den Lehrling können sie zu Hause aufsuchen. Er wohnt nur ein paar Schritte vom Betrieb entfernt. Außer mit einer Speichel- und Faserprobe sowie Fingerabdrücken kann er nicht dienen. Was er aussagt, bestätigt nur, was bereits Rammberg und Rinke erzählten. Und wenn die Rede auf den Toten im Container kommt, fängt er an zu zittern und beginnt mit den Augen zu flackern. Da lassen sie weitere Fragen sein.

Rinke, so wird ihnen im Werk gesagt sie, kontrolliert gerade einen Lieferanten in Spittelsberg und fährt danach direkt nach Hause. Sie erhalten seine Adresse und Telefonnummer in Bonndorf. Da er vermutlich schon auf dem Weg nach Hause ist, ruft Schneider bei Frau Rinke an, dass ihr Mann sie erwarten möge. Unterwegs im Auto meint

Schneider nach einiger Zeit: ›Breunecke, ehe wir zum Rinke kommen, halten Sie doch mal an und geben Sie seine Daten ein. Gestern hat er nichts von Kontrollen bei Lieferanten vor Ort erzählt. Der muss doch auch beim Puchner zur Kontrolle gewesen sein. Irgendetwas stimmt mit dem nicht. Wir müssen auch den Puchner darauf noch mal ansprechen. Denn wie der Rinke den bei uns angeschleppt und gleich in die Pfanne gehauen hat, nee das stimmt nicht mit den sonstigen Angaben über korrekte und saubere Lieferungen überein. Ehe wir dem auf den Zahn fühlen, brauchen wir mehr Hintergrund! – Und: Rinke, Rinke, – ich muss auch beim Vorsitzenden vom Apfelkeller nachfragen. Ich meine im Verein hätte es auch 'nen Rinke gegeben. Und wenn Sie schon mal dabei sind, lassen sich am Montag auch die Daten vom Salcher und die Daten von Reckberg heraussuchen. Ich habe da ein komisches Gefühl. Aber vordringlich ist der Rinke!‹

Die Anfrage im Computer ergibt, dass Horst Rinke 1952 in der DDR geboren wurde und dort in Werder bei Berlin aufgewachsen ist. Er hat Obstbau und Obstverarbeitung gelernt und war von 1974 bis 1980 als Ingenieur in der Montage von Obstsaft-Press-Tank- und Abfüllanlagen im Ausland beschäftigt, zuletzt in Kanada. Von dort ist er in die Bundesrepublik gegangen und war zunächst bei Hamburg und dann in der Gegend von Neumünster in Obstverwertungsbetrieben beschäftigt. Seit fünf Jahren in Bonndorf ansässig und bei Bio-Xpress in Ludwigshafen. Vorstrafen sind nicht bekannt.

›Lupenrein, und ein nichts sagender Hintergrund‹, kommentiert Bernd das. Schneider ist anderer Auffassung: ›Breunecke, merken Sie sich: Auslandseinsätze gab es nur für linientreue Reisekader, und Einsätze, die über Kanada in die Bundesrepublik führten, sind in der Regel Stasi-Einsätze gewesen. Der Rinke hat also sehr wohl einen Hintergrund und ist mit allen Wassern gewaschen. Es lohnt sich bestimmt, ihn auf den Zahn zu fühlen, warum er vom Alten Land und Neumünster unbedingt in das Kaff Bonndorf zieht und in Ludwigshafen-Bodman bei der völlig unbekannten Firma Bio-Xpress anfängt. Mir ist der Mann verdächtig. Ich wette, dass auch ein Renault Fünf vor seinem Haus steht!‹

Bernd denkt sich sein Teil und hält den Mund. Der Chef sieht immer und überall Stasi-Leute, hat auch schon einmal einen Vorgesetzten in Tübingen um drei Ecken herum in dieser Richtung ins Gespräch gebracht und zurückrudern müssen, weil da eine Verwechslung mit einem Dr. Lange aus Leipzig vorlag, einem entfernten Verwandten. Er hatte sogar einen peinlichen Verweis erhalten. Schneiders Onkel war in Bautzen umgekommen, er selbst als Sechsjähriger mit seinen Eltern aus der SBZ über die noch offene Grenze in die Bundesrepublik geflohen. Deshalb kann Bernd ihn verstehen.

Als sie hinter Ludwigshafen die Serpentinen hochfahren, sehen sie noch die Kreidestriche vom Unfall. Aber in der Einfahrt Richtung Buohof stehen keine Sperren mehr. Das Rambofahrzeug ist also schon fort.

Rinkes Haus in Bonndorf stellt sich als schmuckes Eigenheim heraus, fast ein Mehrgenerationenhaus. In der Einfahrt vor der Doppelgarage steht tatsächlich ein orangefarbener Renault Fünf, Krückstockschaltung, Lederlenkrad, nachträglich anmontierte Scheuerplanken an den Seiten. ›Sehen Sie, Breunecke, mein Tipp!‹, zeigt Schneider triumphierend auf den Wagen.

Rinke ist noch nicht eingetroffen. Die Frau, dem Dialekt nach eine Holsteinerin, schaut sich verlegen um und lässt sie herein. ›Ein großes Haus, Frau Rinke!‹, meint Schneider anerkennend, ›und sicher auch schon alles bezahlt, nehme ich an! Und der Zweitwagen vor der Tür. Respekt!‹

›Nein‹, sagt Frau Rinke, ›so dicke haben wir's nicht. Mama und Papa wohnen oben im Haus. Mit ihrer Rente und der Nebenbeschäftigung von meinem Mann reicht es. Wenn Papa sein Geld nicht bei der Lehman-Bank angelegt hätte, wären wir besser dran. Aber ich will nicht klagen. Den Renault Fünf hat mein Papa schon in Neumünster gehabt. Den pflegt er wie seinen Augapfel! – Wegen der komischen Krückstockschaltung mochte ich den nie fahren. Ich habe einen alten Fiat Fünfhundert. Der steht hinterm Haus, wenn unser Sohn nicht damit zur Schule fährt, und der reicht uns als Zweitwagen. Wissen Sie, man gehört hier zu Überlingen, aber ohne Auto ist man aufgeschmissen!‹

›Darf Ihr Mann den Wagen benutzen?‹, fragt Bernd. ›Klar, darf Horst den Wagen fahren!‹, gibt Frau Rinke Auskunft. Der hält den schließlich auch am Laufen. ›Wenigstens ein Wagen, an dem man selbst noch was machen kann‹, sagt er immer, wenn ich die Karre eintauschen will oder unser Sohn einen größeren Wagen haben will, in den auch das Schlagzeug passt.‹

›Wir meinen eigentlich den Renault Fünf!‹, hakt Schneider nach. ›Natürlich darf er den auch fahren, macht aber nur Probefahrten. Hält die Karre ja auch am Laufen wie meinen Fiat!‹, erwidert sie. Schneider hakt nach: ›Und wann hat er die letzte Probefahrt gemacht?‹ ›Das war vorgestern. *Ehe Du für zwei Wochen die Nachmittagsschicht übernimmst, ziehst Du bei meinem Wagen noch die Winterreifen auf*, hat Papa zu ihm gesagt. Und dann hat er das wohl auch gemacht und danach natürlich 'ne Probefahrt, bevor die Radschrauben ganz fest gezogen wurden. Muss wohl so sein. Die Sommerreifen spritzt mein Papa danach immer sauber ab, entfernt alle Steinchen aus dem Profil und trägt die Reifen in den Keller! – Das ist eine ätzende Prozedur: Nach dem Trocknen trägt er nämlich noch Felgensilber und Reifenlack auf. Und das Haus stinkt dann drei Tage. Ein bisschen riechen Sie sicher noch hier im Treppenhaus!‹

Beim Warten im Wohnzimmer bietet ihnen Frau Rinke einen Kaffee an. ›Danke‹, lehnt Scheider ab, ›habe mir gestern den Magen übersäuert, aber ein Wasser aus der Leitung wäre freundlich! – Übrigens, Frau Rinke, warum lagert Ihr Vater die Reifen nicht in der Garage?‹ – ›Ach‹, kommt es von Frau Rinke, ›früher war das so. Da hatte er auch eine Hälfte von der Doppelgarage. Aber dann waren ihm Schlagzeug und Trompete im Hobbyraum zu laut. Jetzt hat er den Hobbyraum für seine Sachen, und die Doppelgarage ist der Übungsraum für unsern Sohn geworden. Mir ist das auch lieber so. Hier im Parterre war es nicht zum Aushalten.‹ Als Rinke nach einer Stunden noch nicht aufgetaucht ist und sie deswegen noch mehrmals bei Bio-Xpress antelefoniert haben, geben sie für den Tag auf.

›Irgendwann ist Feierabend, Breunecke, außerdem Samstag‹, knurrt Schneider, ›ich telefoniere von zu Hause aus noch mit der Spurensicherung, was im Fischerweg vier los war, und kontaktiere meinen vorsitzenden Goldapfel wegen der Rinke-Sache. Dann schaue ich mir noch die Papiere an, die Sie dabei haben. Machen Sie sich einen schönen Abend und denken Sie morgen an mich, wenn Sie frei haben: Ich muss im Wahllokal in Lippertsreute den Wahlhelfer machen und zu Fuß hin, weil alle Nachbarn aus dem Öschle wegen dem Knatsch mit der Stadtverwaltung die Wahl boykottieren!‹ Bernd versteht den Wink: ›Macht nichts, Chef‹, erklärt er, ›ich hole Sie am Montag früh zu Hause ab!‹

Unterwegs auf der Strecke über Reutehof nach Billafingen sitzt der Chef angespannt auf dem Beifahrersitz und meint in Billafingen, dass es gut gewesen sei, nur Pommes mit Ketchup gegessen zu haben. Da könne man im Notfall nicht so viel wieder rauswürgen. Diese Straße möge Bernd doch für die Zukunft aus seinem Rallyekalender streichen. Auf dem Rest der Strecke bis Ernatsreute erinnert er Bernd an den Sekt, den er noch für das Abend-Rendezvous besorgen muss und versucht über die Hintertür rauszukitzeln, mit wem Bernd zum Diner verabredet ist. Das ist dem Dolmetsch also entgangen. Bernd bleibt eisern, sagt nur: ›Es ist eine junge Dame, Chef, die mir schon lange am Herzen liegt!‹ Und auf Schneiders ergänzende Frage, ob er die Dame vielleicht kenne, sagt er salomonisch: ›Es kommt darauf an, was man unter ›Kennen‹ versteht, Chef!‹

Mit einem Grinsen und ›Ich hab Sie wohl schon zu lange abgehärtet, Breunecke. Danke fürs Mitnehmen und die Einweisung ins Rallyefahren. Schönen Abend. Sehen uns also am Montag!‹, verabschiedet sich Schneider, als sie im Öschle vor seinem Haus halten.

Auf dem Weg zum Benno-Markt hält Bernd gleich beim VW-Händler in Lippertsreute auf dem Parkplatz an und nimmt sein Handy. Er wählt Judiths Nummer. ›Na endlich, Bernd!‹, sagt sie, ›ich dachte schon, Du wärst unter die Räder gekommen. – Kannst Du bis sechs Uhr da sein?‹ – ›Der Chef hat mich bis vor fünf Minuten aufgehalten‹, entschuldigt Bernd sich. ›Und der war neugierig, weil der Dolmetsch ihm wohl meinen Teil unseres Gesprächs von heute Morgen rübergebracht hat. Ich konnte nicht früher anrufen. Muss jetzt noch zum Benno-Markt und den Sekt holen, dann kurz zu Hause vorbei. Bis sechs Uhr schaffe ich es leicht. – Du wohnst doch noch in Nussdorf?‹

›Da hättest Du aber Pech gehabt, Bernd‹, lacht sie etwas gequält, ›die Touristen in Nussdorf sind mir auf den Geist gegangen, und dann hatte ich noch einen anderen Grund. Seit einem halben Jahr bin ich in Andelshofen, hundert Meter vom *Malteserkreuz* entfernt. Habe mich schon gewundert, dass Dir das entgangen ist! – Wenn Du Dich vorm Einkauf erst umziehst und dann statt auf die B 31 alt zu fahren gleich rechts über den Abzweig zum Brandbühl nach Andelshofen fährst, kannst Du den Malteserweg Nr. 5 nicht verfehlen.‹

Aber Bernd rechnet anders. Wenn er erst zum Benno-Markt fährt, kann er den Sekt noch eine halbe Stunde ins Eisfach legen und in der Zeit duschen.

Beim Benno-Markt ist ein Gedränge auf dem Parkplatz, als ob die Preise gerade noch mal gesenkt worden wären. Bernd kreist herum, bis ein grüner Suzuki ausparkt, aus dem ihm Horst Rinke zuwinkt. Trotz des Gedränges hält er kurz an und dreht die Scheibe runter: ›Wie weit sind Sie denn mit Ihren Ermittlungen, Herr Breunecke? – Gibt's was Neues?‹ – ›Kann ich so nicht sagen, Herr Rinke‹, erklärt Bernd, ›wir brauchen zum Vergleich noch eine DNA-Probe von Ihnen und Faserproben von dem Zeug, das Sie am Freitag im Betrieb anhatten. Der Chef und ich waren schon bei Ihnen zu Hause deswegen. Aber Ihre Frau wusste nicht, dass Sie noch einkaufen fahren würden.‹ – ›Ach, das vergisst sie immer. Am Samstag muss ich für die Schwiegereltern einkaufen. Den Zettel hängen sie mir morgens einfach neben meinen Autoschlüssel. Dann weiß ich Bescheid. Unter der Woche hängen sie den Zettel neben Barbaras Autoschlüssel. Und wenn wir unsere eigenen Einkäufe mal nicht schaffen, hängen wir unsern Zettel neben Schwiegerpapas Schlüssel. Ein ganz einfaches System.‹ – ›Ihr Schwiegervater fährt wohl nicht mehr gern?‹, wirft Bernd ihm hin. ›Kann ich eigentlich nicht sagen!‹, denkt Rinke laut nach, ›nee, eigentlich fährt er mit seiner Asphaltblase und seinen fünfundachtzig Jahren noch ganz gern allein rum. Der Renault ist ja auch fast so geländegängig wie mein Suzuki. Manchmal wundere ich mich, wo ich den Alten überall unterwegs sehe. Aber er war gegen Kriegsende hier in der Gegend und pflegt seine Erinnerungen. – Ich sehe Sie also am Montag, nehme ich an, Herr Breunecke. Werde die Sachen, die ich am Freitag anhatte, gleich zu Hause vor der Waschmaschine retten. Heute habe ich Nachtschicht. Ich bringe am Montag alles in den Betrieb mit, bin ab zwei Uhr da. Schönes Wochenende noch!‹

›Nie und nimmer ist der Rinke unser Täter‹, denkt Bernd, ›auch wenn der eine DDR-Vergangenheit hat. Aber den Schwiegervater sollten wir uns mal ansehen. Fünfundachtzig – im Krieg hier in der Gegend gewesen und ›Erinnerungen auffrischen‹? Merkwürdig! – Ich denke, den sollten wir genau so unter die Lupe nehmen wie den Reckberg und den verblichen Salcher! Obwohl: In dem Alter?‹

Und so ruft er nach den Besorgungen noch schnell den Chef an, nachdem der Sekt im Gefrierfach liegt, teilt ihm seine Überlegung mit, ehe er unter die Dusche steigt.

›Kann sein, kann nicht sein!‹, sagt der Chef, ›jedenfalls passt der Schlüssel, den wir beim Troche gefunden haben, zur Haustür im Fischerweg vier. Gefunden hat den der Troche wohl kaum! Ich denke, dass der Reckberg ihm den gegeben hat und uns belügt. Und was ich vom Vorsitzenden des Apfelkellers erfahren habe, Breunecke, ist auch nicht so lustig: ein Rinke hat vor etwa vier Jahren für seinen Schwiegervater angerufen, ob einmal eine Sonderführung im Überlinger KZ-Stollen stattfinden könne, der Schwiegervater kenne sich da vom Kriege her etwas aus. Wir haben das seinerzeit im Vorstand diskutiert. Mein Gedächtnis funktioniert also. Aber der Vorsitzende hat danach nichts mehr von dem Interessenten gehört. Das kann also auf den Schwiegervater vom Rinke passen. Suchen Sie doch gleich am Montag auch alle Daten über den raus. Dem traue ich genau so wenig wie seinen sauber gewaschenen Sommerreifen. Die sollten wir auch noch auf Spuren untersuchen! – Und dann hat der große Goldapfel noch gemeint, im Februar sei da doch eine Todesanzeige mit einer Melanie Rinke gewesen, vom Alter her irgendeine tragische Sache, Studentin und so. Da wäre ihm der Name noch einmal begegnet. – Komisch, an was man sich erinnert!‹

Pünktlich um sechs steht Bernd bei Judith mit einem großen Strauß Rosen auf der Matte. Die Rosen an der Kasse beim Benno-Markt waren so günstig, dass er gleich drei

Bündel genommen und diese später mit ein paar Zweigen Kirschlorbeer aus dem Hausgarten gebunden hat. Gott sei Dank war der Hauswirt beim Abschneiden nicht in der Nähe. Den Sekt trägt er in einer Kühltasche bei sich.

Judith öffnet, gibt Bernd einen Kuss und lacht lauthals, als sie die Rosen sieht: ›Bernd, sei mir nicht böse!‹, kichert sie, ›ich war auch beim Benno-Markt, habe auch Rosen besorgt. Danke! Jetzt haben wir einen Riesenstrauß. Und mit Deinem Kirschlorbeer sieht das super gut aus! Komm rein. Ich freue mich so!‹

Sie nimmt Bernd Rosen und Sekt ab. Als sie nun beide Hände voll hat, nimmt er sie in den Arm und lässt sie erst einmal nicht los. ›Jetzt nutzt Du aber aus, dass ich mich nicht wehren kann, Bernd!‹, protestiert Judith schelmisch und gibt ihm noch einen extra langen Kuss, als er sie aus den Armen lässt.

Jedenfalls wird es ein schöner Abend bei marinierten frischen Wald-Champignons mit Rucola, darüber gehobeltem Pecorino und einem guten krustigen Ciabatta. Dazu passt der Sekt wunderbar. Später gibt es noch Penne all'arrabbiata und einen Salat aus gewürfelten Fleischtomaten mit gehacktem Basilikum, wozu wiederum das Ciabatta sehr gut schmeckt.

Während beide sich bei und nach der gemütlichen Mahlzeit gegenseitig ihre vergangenen verkorksten Beziehungen erklären, bemerken sie, dass die ähnlichen Erfahrungen auf diesem Gebiet nur einen geringen Teil ihres sonstigen gemeinsamen Interessens-Spektrums ausmachen. Und Bernd erfährt, dass Judith eine besondere Beziehung zum Goldbach-Stollen hat.

›Mein Großvater aus Ravensburg ist dort umgekommen, erklärt sie, ›er liegt auf dem kleinen Friedhof bei der Birnau begraben, zumindest steht da sein Name auf der Tafel. Großmutter Salman konnte sich rechtzeitig mit meiner Mutter nach St. Gallen absetzen. Sie kam dort bei einem Geschäftsfreund unter. Den heiratete meine Oma nach dem Krieg, als Großvaters Tod endgültig feststand, weil sie inzwischen schon einen Sohn mit dem Geschäftsfreund zusammen hatte. Meine Mutter wuchs in St. Gallen auf, heiratete dann mit vierundzwanzig Jahren nach Deutschland, just hier nach Überlingen und konvertierte zum katholischen Glauben. Großmutter konnte den ersten Mann meiner Mutter nicht ertragen, weil er ihr den Mendelsohn-Bartholdy vermiesen wollte und eher auf Wagner und Werner Egg stand. Und die Konversion zum Katholizismus passte ihr erst recht nicht. Sie hat den Kontakt damals völlig abgebrochen. Mit ihrem Halbbruder Sammy schrieb Mutter noch eine zeitlang Briefe. Aber ich hatte keinen Zug zur Mischpoke, obwohl ich, wie Du nun errechnen kannst, Vierteljüdin bin. Die Oma habe ich einmal in St. Gallen bei ihrem achtzigsten Geburtstag gesehen. Sie mochte mich nicht, Onkel Sammy schon. Mit dem mosaischen Glauben habe ich genau so wenig zu tun wie mit der katholischen Kirche!‹

Bernd nickt bei dieser Erklärung mit dem Kopf und meint nachdenklich: ›Jetzt verstehe ich, warum Du bei der Sache mit dem Goldbach-Stollen damals so reagiert hast! – Aber sag mal: ist der Name Deines Stiefgroßvaters in St. Gallen zufällig Troche, und ist er Bankkaufmann?‹

›Der Stiefgroßvater hatte einen großen Buchhandel. Mein Halbonkel Sammy wollte den nicht übernehmen und ist oder war im Bankenfach tätig, wie ich von Mutter weiß. Der Stief-Großvater kam aus Polen und hieß Trochowsky. Onkel Sammy änderte aus praktischen Gründen den Namen später in ›Troche‹, weil das eher Schweizerisch klingt. Und den ›Beat‹ hat er sich auch zugelegt, um ein unauffälliger Schweizer zu werden. Vom Geburtsnamen ›Samuel‹ ist im Pass nur noch ein ›S.‹ geblieben. Das weiß ich ebenfalls von meiner Mama. Du kannst sie aber selber fragen. Sie hat in zweiter Ehe nach Meersburg geheiratet. – Wieso interessierst Du Dich eigentlich so für meine Mischpoke?‹

›Aus tiefstem Herzensgründen natürlich, meine Liebe!‹, sagt Bernd, ›möchte ich Deine Familie kennen lernen. Aber der Zufall bringt leider auch eine andere Seite ins Spiel!‹ Und dann erzählt er.

›Armer Onkel Sammy!‹, meint Judith, ›ich erinnere mich, dass Mama für ihren Halbbruder hier in Überlingen oder in der Nähe forschen sollte, weiß aber nicht genau, worum es ging, meine aber von irgendwelchen Namen gehört zu haben, die er suchte. Jedenfalls hat Mama das nach ein paar Erkundigungen abgelehnt. Ihr wäre das zu heiß und zu unappetitlich, und es käme sowieso nichts dabei heraus. Man kann sie ja danach fragen, wenn ihr die Sache mit meinem Halbonkel mitgeteilt wird. – Wenn Du nichts dagegen hast, besuchen wir sie morgen, Bernd, und wir bringen das gleich hinter uns!‹

Danach führen sie noch ein längeres Gespräch. Angesichts der merkwürdigen Situation kommt die gute Anfangslaune aber nicht wieder auf. So besprechen sie am Ende die Fahrt zu Judiths Mutter.

Bernd trabt zu Fuß nach Owingen, weil er doch etwas zuviel von dem Barbaresco getrunken hat, den sie zu den Penne all'arrabbiata und dem tollen Tomatensalat und auch noch danach hatten. Judith will ihn am Sonntagmorgen um zehn Uhr abholen.

Sonntag, 21. September 2008
Meersburg

Als Judith um Viertel nach zehn bei Bernd eintrifft, schaut sie sich kurz in seiner Dreizimmerwohnung unterm Dach um. ›Hast Du heut früh schon aufgeräumt?‹, fragt sie erstaunt, ›bei meinem Verflossenen gab es immer solch ein Durcheinander, dass ich ihn lieber zu mir nach Nussdorf eingeladen habe. Aber bei Dir kann man richtig wohnen! – Dein Wohnzimmer ist ja 'ne Wucht, und so hell! Und die Aussicht vom Balkon über die Dächer weg bis in die Alpen – Wahnsinn. Ich glaub, hier möchte ich öfter sein. – Darf ich?‹ – ›Mit Freuden, meine Liebe‹, strahlt Bernd. Und das Eis, das sich seit der Todesmitteilung vom Vortage zwischen ihnen zu bilden schien, ist plötzlich nicht mehr da. Sie fallen sich in die Arme.

Wenig später sitzen sie in Judiths Audi A 2 1,2 TDI. ›Eigentlich lohnt sich der Diesel nicht für die Kurzstrecke!‹, erklärt sie, ›als ich den Wagen vor vier Jahren kaufte, war ich aber fast jedes Wochenende in Mannheim. Du weißt schon, im Ruderclub. Aber das ist seit einem Jahr aus. Da habe ich rausbekommen, dass Georg nicht nur eine andere Freundin hatte, sondern dealte. Damit war für mich auch klar, warum er alle Naselang einen neuen Sportwagen hatte. Da war Schluss. Die Drogensache habe ich dem Chef sofort gebeichtet. Bin extra zu ihm nach Hause gefahren. So eine Wut hatte ich! Was weiter daraus geworden ist, hat mich nicht mehr interessiert.‹ – ›Dafür musst Du Dich wohl kaum entschuldigen‹, meint Bernd, ›wer dealt, gehört sofort angezeigt. – Sei doch froh, dass Du es gemerkt hast!‹ Aber Judith schüttelt den Kopf: ›Ich weiß immer noch nicht, ob ich Georg nur aus Rache und Enttäuschung dem Chef angegeben habe. Das belastet mich, auch wenn ich in der Sache mit Dir da völlig einig bin!‹ ›Denk nicht mehr dran!‹, bemerkt Bernd, als er sie tröstend in den Arm nimmt.

›Ich muss Dir noch gestehen, mein Lieber, dass ich von unseren Rosen heute früh die Hälfte für Mutter abgezweigt habe, sonst hättest Du keine Blumen für sie. Und ich muss mich noch für mein Zuspätkommen entschuldigen‹, bemerkt Judith beim Losfahren, ›ich war nämlich noch schnell im Wahllokal, Sabine Metzger zu wählen. Eigentlich wollte ich gar nicht zur Wahl. Aber dann kam der Auftrag von meiner Mutter, als ich sie heute früh antelefonierte. Die hat gesagt ›Wähl bloß die Metzger, damit wir sie in Meersburg loswerden. Fünfmal habe ich einen Termin bei der gehabt. Fest vereinbart mit Uhrzeit und allem. Dreimal war sie nicht da, ohne vorher abzusagen, zweimal hat einer ihrer Angestellten mich an ihrer Stelle empfangen und mir nur Stuss erzählt. Die anderen hier in Meersburg mögen von ihr schwärmen, weil sie was auf den Weg gebracht hat, das die sich nicht trauten. Mir kann sie gestohlen bleiben. Wähl sie nach Überlingen!‹ Und da musste ich auf mütterlichen Befehl heute früh noch ins Wahllokal!‹

›Andelshofen gehört aber zu Überlingen. Hast Du das auch richtig überlegt?‹, wendet Bernd spaßhaft ein, ›was machst Du, wenn die Metzger Euch in Andelshofen genau so mit Terminen hängen lässt?‹

›Ganz einfach‹, platzt Judith heraus, ›dann zieh ich zu Dir. Owingen hat, wie ich höre, den Bürgermeister Vormann, der jeden Bürgerwunsch genau anhört!‹ – ›Versprochen?‹, lacht Bernd. ›Versprochen!‹, kommt es glucksend zurück, ›lieber gestern als heute. Dann komme ich in Andelshofen erst gar nicht in Gefahr.‹

›Was ich Dich gestern noch fragen wollte, Judith, wo hast Du den guten Rucola her‹, meint Bernd, als sie am Andelshofener Weiher vorbeikommen, ›so einen habe ich im Geschäft noch nirgends gefunden!‹

›Ja‹, erwidert sie, ›diese Spezialausgabe wächst auf meiner Terrasse. Den Rucola habe ich mal aus Mannheim mitgebracht. Wächst da wie Unkraut zwischen den Steinen der Kanalböschung beim Ruderclub. Ist eine deutsche Abart und heißt ›Senfrucola‹. Den musst Du an einem sonnigen Platz in ein Sand-Lehm-Gemisch säen und nicht zu sehr gießen. Im Herbst ist er am besten!‹ – ›Übrigens: Wenn Mutter uns heute zum Essen einlädt, sag auf jeden Fall zu.

Kalte Sabbatspeisen mit viel Knoblauch wird es geben und gebratene kalte Lammfilets. Die Speisen bereitet sie nach jüdischer Tradition vor. Und die sind ihr Stolz. Beim Wein sei vorsichtig. Der ist sehr stark. Frag also nach Wasser. Mit meiner Mutter wirst Du Dich wahrscheinlich gut verstehen. Die hat genau so einen hintergründigen Humor wie Du und der Chef. Manchmal habe ich schon daran gedacht, den Chef mit ihr zu Hause zu besuchen. Vielleicht erträgt er seine Situation dann etwas besser!‹ – ›Was meinst Du mit ›Situation‹?‹, entfährt es Bernd. ›Nun‹, erklärt Judith, ›der Chef überspielt mit seinem etwas bissigen Humor, dass seine Frau seit Jahren mit Multipler Sklerose im Rollstuhl sitzt. Er redet nicht davon, und deswegen wissen es auch nicht viele, Du offensichtlich auch nach den fünf Jahren nicht. Und sie hat die für die Angehörigen unangenehmste Form erwischt: Sie ist durch die Krankheit boshaft geworden und schikaniert den Chef die ganze Zeit, wenn er zu Hause ist. Die beiden Töchter besuchen sie schon gar nicht mehr, und die Pflegehilfe beschwert sich andauernd. Der Chef muss es meist allein aushalten. Meinst Du, der würde sonst so gern Dienst machen und heute noch den Wahlhelfer markieren?‹

In Meersburg parken sie ›Am Sentenhand‹ auf einem Anwohnerparkplatz, denn in der Straße besitzt Judiths Mutter in Nr. vier ein kleines Haus. ›Mein A 2 ist hier bekannt!‹, beruhigt Judith ihren Bernd, ›da lässt mich keiner abschleppen!‹ Und dann traben sie auf das kleine Einfamilienhaus zu, in dem Judiths Mutter wohnt. ›Sarah Schwan‹ steht auf der Klingel. ›Sagtest Du nicht, dass Deine Mutter wieder verheiratet ist?‹, fragt Bernd. ›Klar, mein Guter, ich bin das Produkt dieser zweiten Ehe, Modell 72!‹, gibt Judith zurück und drückt auf die Klingel. Frau Schwan lädt sie wirklich zum Essen ein, schon kurz, nachdem Judith ihr Bernd vorgestellt hat. Und die zehn verschiedenen kalten Speisen, die zu ungesäuertem Brot auf den Tisch kommen, sind vorzüglich. Bernd sagt das auch ganz deutlich. ›Ja‹, erklärt Judiths Mutter, ›das sind die traditionellen jüdischen Speisen, die für den Sabbat zubereitet werden. Aus dem jüdischen Viertel in Rom sind die dann zunächst als ›römische Vorspeisen‹ bekannt geworden und heute nennt man sie ›italienische Vorspeisen‹. Was der deutsche Spießer vor dem Krieg als ›jüdische Sabbatspeisen‹ verachtet hat, bezahlt der Gourmet heute teuer in italienischen Restaurants und bekommt eigentlich nur einen Abklatsch. Es freut mich, dass Sie die Speisen zu schätzen wissen, Bernd. – Aber nun rücken Sie mal mit dem raus, was Sie sonst noch zu mir führt. Judith hat mir was angedeutet!‹

Als Bernd die Angelegenheit soweit ausbreitet, wie er das darf, ist Judiths Mutter erschüttert. ›Der arme Sammy. Das muss er sein. Schrecklich, so zu enden. Ich habe ihn gewarnt, er solle das einfach vergessen und nicht auf Mamas Drängen eingehen. Damals schon. Aber er konnte wohl nicht anders. Ich dachte, er hätte spätestens aufgegeben, als Mama vor zehn Jahren starb. Aber nach seiner Pensionierung und dem plötzlichen Tod seiner Frau im vergangenen Jahr, hat er sich wohl verpflichtet gefühlt, die Sache wieder aufzunehmen, zumal er kinderlos geblieben ist. Zumindest hat er mir im Sommer geschrieben, dass er nun eine Spur hätte. Er würde nach Deutschland kommen und handeln! Ich habe zurück geschrieben, er solle das lassen. – Darf ich Sammy noch einmal sehen?‹

Bernd meint dazu: ›Nachdem sonst kein Angehöriger identifizieren kann, ist das überhaupt keine Frage, Frau Schwan. Wir lassen Sie morgen in die Gerichtsmedizin fahren. – Was mir aber wichtiger ist: Können Sie uns die Briefe Ihres Halbbruders überlassen und erzählen, was Sie über seine Nachforschungen noch wissen? Jede Kleinigkeit kann uns weiterhelfen!‹

›Ach, wissen Sie, Bernd‹, sagt Frau Schwan, ›ich gebe Ihnen natürlich alles raus, was ich gefunden habe, auch wenn das wirklich wenig ist, und sage Ihnen auch das, was Sammy wissen wollte. Es wird aber wohl zu nichts führen. Damals sollte ich zuerst für ihn herausbekommen, was mit der Buchhandlung in Ravensburg passiert ist, die meine Eltern früher hatten. Das war recht einfach, und eigentlich hätte er das aus Mamas Unterlagen wissen können, wenn sie die in ihrer Wut nicht 1947 alle verbrannt hätte. Das Geschäft war bereits 1938 arisiert worden, weil es vor der Heirat allein meiner jüdischen Mutter gehört hatte. Mein Vater war Deutscher. Er kam als Sozialdemokrat und Stadtrat ›wegen politischer Unzuverlässigkeit‹ ins KZ und endete in Überlingen, wurde in Konstanz im Krematorium verbrannt. Sein Name steht mit auf dem Gedenkfriedhof bei der Birnau. Die deutschen Behörden sahen 1957 angeblich keine Möglichkeit, das Arisierungs-Geschäft rückgängig zu machen, da 1938 nach geltendem Recht gehandelt worden sei. Meiner Mutter wurde nur eine Entschädigung nach dem im Zwangsvertrag 1938 angegebenen geringen Kaufwert zugesprochen, und das ›nur ausnahmsweise‹ da ihr Rechtsanspruch als ›wieder verheirateter Witwe des Erblassers streitig sei‹. Darüber, dass ihr das Geschäft gemäß geltendem Recht auch nach der Heirat zur Hälfte gehört hatte, wurde gar nicht verhandelt. Deshalb wurde mir der Hauptanteil des wirklich geringen Betrages zuerkannt und in die Schweiz überwiesen. Nachdem das erfolgt war, hat meine Mutter alle Akten verbrannt und geschworen, nie wieder deutschen Boden zu betreten. Aus der Buchhandlung wurde später ein prosperierender Verlag, für den mein Vater schon weltweit die Weichen gestellt hatte. Soweit zu unserem Buchhandelsgeschäft. – Der erste Nutznießer der Arisierung konnte aber selbst diese geringe Entschädigungssumme nur unter Schwierigkeiten aufbringen. Die Banken gaben ihm nichts. Weil er von der NSDAP nach dem Krieg zu den Kommunisten abgewandert war, kaufte niemand mehr bei ihm. Ich habe diese Spur noch ein Stück weiter verfolgt, solange ich in Überlingen wohnte. Nach der Pleite fand der ›verfolgte Demokrat‹ eine Anstellung als Archivar für die Gemeindeakten in Sipplingen. Was er dort bearbeitet hat, weiß ich nicht. Das fand ich nicht heraus und habe auch alles seit 1967 ruhen lassen, als ich mich scheiden ließ und hier in Meersburg wieder heiratete. Im vergangenen Sommer schrieb mir Sammy dann, was er inzwischen noch herausgefunden hat: Der Altnazi und verfolgte Demokrat Salcher durfte nach kurzer Zeit seine Arbeit halbtags im Rathaus Sipplingen ableisten und halbtags in einem Haus in der Nähe, weil man keinen Platz für das Archiv hatte. Später arbeitete er ganztags dort. Das Haus hatte er – wie auch immer – sehr günstig erwerben können und mit der Miete für die Aktenräume ein gesichertes Einkommen. Dann legte er einen privaten Buchversand mit Antiquariat an, lukrativ angeblich. Bis sich im vergangenen Jahr etwas Anderes herausstellte. Da hatte Sammy mit ihm Kontakt aufgenommen und wollte ein Versöhnungsgespräch, denn es war kein Geheimnis, dass der Nutznießer bei der Arisierungsaktion in Ravensburg seinerzeit auch der Denunziant gewesen war. Das Treffen fand auf der Mainau statt. Der Nazi wollte Beat zum Erben einsetzen und ihm das Haus sofort überschreiben, wollte aber eine Rente, weil er sich mit dem Buchhandel verschuldet hatte. Außerdem könne er noch eine Spur aufzeigen, wenn er Geld bekäme, eine Spur ganz in der Nähe. Sammy hat das nicht rundweg abgelehnt, wie er mir schrieb. Er wollte zunächst einen Eindruck vom Haus und von der ihm angebotenen Spur gewinnen. Ich habe Sammy dringend abgeraten und ihm klar gemacht, dass für mich die Sache abgeschlossen ist und er sich nicht in Gefahr begeben sollte. ›Dann mache ich es eben allein! Die Sache muss aufgedeckt werden!‹, war das Letzte, was er mir dazu schrieb. Und das war im Frühjahr. Und im Sommer dann die allerletzte Mitteilung, ein Anruf auf meinem Anrufbeantworter, dass er nun nach Deutschland gehen würde! Dann keine Nachricht mehr! – Und nun ist Sammy tot!‹

Sie schweigt, und Bernd überlegt, ob er von dem Schlüssel erzählen soll, der bei Beat gefunden wurde und vom Tod des Buchhändlers Salcher im späten Februar. Er lässt es aber, denn diesem zeitlich passenden Tod traut er jetzt nicht mehr. Dem muss er noch einmal nachgehen. Und so plaudern sie über Meersburg, die Bürgermeisterwahl, über Bücher und natürlich die Droste. Als Bernd gesteht, dass er die Wohnung der Droste in der Meersburg noch nicht gesehen hat, meint Judiths Mutter halb scherzhaft: ›Das ist eine Schande! Judith, Du schnappst jetzt Deinen Bernd und kommst mir nicht eher wieder mit ihm unter die Augen, als bis er die Meersburg angeschaut hat. – Ich bereite inzwischen den Kaffee vor.‹

Fröhlich, gesättigt und auch nachdenklich verabschieden sich Judith und Bernd nach einem unterhaltsamen Nachmittag, bleiben dann in Andelshofen hängen. In den Nachrichten hören Sie, dass Sabine Metzger bei der Wahl vor Schwarzbrodt und Einstock liegt und Buhtz und Lanson chancenlos unter ›ferner liefen‹ rangieren. Bernd fährt nicht mehr nach Owingen. Judith und er haben noch viel zu erzählen, miteinander zu planen und zu erkunden, bis sie fast die Sektgläser im Bett verschütten und noch viel später eng umschlungen einschlafen.

›Der Chef hatte doch gemeint, der TT-Fahrer Buhtz stünde mangels Lebendigkeit nicht mehr zur Wahl‹, ist dennoch ein Gedanke, der Bernd kurz vor dem Einschlafen durch die Ganglien blitzt. Da muss der Chef etwas verwechselt haben. Über den Fahrer des geschrotteten Audi TT muss er wohl auch noch Erkundigungen einziehen. Hat der Chef das Nummernschild nicht richtig angeschaut?

Montag, 22. September 2008
Chaostag

Judith und Bernd wachen spät auf. Es ist nichts mit einem gemütlichen Frühstück: ›Fahr Du über Owingen, Bernd, rasier Dich, zieh Dich arbeitsmäßig an und hol den Chef ab‹, ist Judiths Ansage, nachdem sie sich aus Bernds Morgenumarmung gelöst hat, ›ich mache im Büro Kaffee und bringe von der Bäckerei unten am Auerbuckel frische Butterbrezen für alle mit. Dann merkt der Chef auch nicht so leicht, was zwischen uns los ist!‹ –

›Wo bleiben Sie denn wieder, Breunecke‹, empfängt ihn der Chef schon vor seiner Haustür in Ernatsreute. ›Chef, ich dachte, dass Sie nach dem gestrigen anstrengenden Auszählen etwas länger schlafen wollten!‹, pflaumt Bernd, ›und dann hatte ich noch Schwierigkeiten mit dem Buhtz, den Sie gestern von der Liste streichen wollten. War wohl nix, war ein anderer TT. Und wenn Sie eilig ins Büro wollen, kann ich ja das Blaulicht aufstecken und ein bisschen Rallye fahren!‹ ›Unterstehen Sie sich, Breunecke, unterstehen Sie sich!‹, droht ihm Egon Schneider spaßhaft und steigt ein. ›Mit dem TT das war wirklich ein Irrtum, aber gleiche Farbe? Komisch. Na ja, konnte ja auch nicht sein, nachdem man Kokain gefunden hat. – Habe gestern spät noch die Papiere durchgesehen, Breunecke‹, setzt er dann seine Rede nach dem Anschnallen fort, ›die zwei Pläne dabei sind vom Goldbach-Stollen. Ein Plan ist neueren Datums und zeigt den Stollen, so wie ich ihn vom Verein her kenne. Der andere Plan ist alt und stimmt an einigen Stellen nicht damit überein. Ich weiß nicht warum und muss unseren Experten fragen!‹ – ›Chef, denken Sie an die zwei Briefumschläge in Troches Tasche?‹, wirft Bernd ein, ›es muss einen Briefwechsel mit dem Goldbach-Verein gegeben haben! Fragen Sie doch mal Ihren vorsitzenden Goldapfel danach!‹

›Habe ich schon getan, Breunecke‹, erwidert Schneider, ›der weiß von nichts. Hat keinen Plan verschickt und nicht in die Schweiz geschrieben. Kennt auch nur denselben Plan wie ich. Einfache Anfragen gibt er an den Schriftführer zur Erledigung weiter; kompliziertere bespricht er mit Gerri Donderer, der zum Stollen schon viele Nachforschungen veranstaltet hat. Ich denke, dass wir den einmal aufsuchen. Der kann uns bestimmt die unterschiedlichen Pläne erklären und auch, ob der Schriftführer von sich aus tätig war mit oder ohne Auskunft von ihm. Ich rufe ihn an!‹

›Chef‹, druckst Bernd herum, ›über kurz oder lang kriegen Sie ja doch raus, bei wem ich am Samstag eingeladen war. Bei der Gelegenheit ist nämlich etwas raus gekommen, was zum Mordfall gehört: Judith Schwans Mutter aus Meersburg kann den Toten identifizieren. Er ist ihr Halbbruder! Und sie sucht für uns noch alle Briefe von ihm heraus.‹

›Breunecke, da kann ich Ihnen zuerst mal gratulieren‹, sagt Schneider darauf, ›nicht dass Sie meinen zu dem toten zukünftigen Halbonkel, den Sie auf so dramatische Art kennen gelernt haben. Nein! Es ist schon gut, dass wir auch in der Sache weiterkommen. Aber gratulieren kann ich Ihnen zu Judith. – Da tun Sie einen besseren Griff als mit Ihrem ersten Versuch. Mit Ihrer überkandidelten Kuh Gisela, nehmen Sie mir die flapsige Bezeichnung nicht übel, hätte ich es nicht mal ein Jahr ausgehalten. Judith hat böse Erfahrungen hinter sich wie Sie. Und ich glaube, Sie zwei passen prima zusammen. Zur Verlobungsfeier und Hochzeit dürfen Sie mich gern einladen. Mache gern den Trauzeugen. – Aber, Breunecke, erzählen Sie mal den Sachverhalt mit Ihrem zukünftigen verstorbenen Halbonkel etwas genauer!‹

Als Bernd während der Fahrt im Auto den Bericht beendet hat, wiegt Schneider den Kopf: ›Für mich sieht es so aus, dass wir ohne Auskunft von Gerald Donderer oder vom

Schriftführer des Goldbach-Vereins nicht weiterkommen. Vorher müssen wir aber noch alle Briefe genauer anschauen. Vielleicht ergibt sich da etwas. – Breunecke: Sie geben alle Anfragen in den Computer ein und rufen die Neuigkeiten ab. Ich mache inzwischen einen Termin mit Donderer und dem Schriftführer aus. Dann schauen wir zusammen die Briefe aus Troches Tasche genauer an und machen Kopien, auch von den Umschlägen, damit wir die dem Donderer und dem Schriftführer in die Hand geben können. Dann haben wir für jeden Fall unauffällige Vergleichsabdrücke und müssen keine gebrauchten Kaffeetassen oder Gläser mitgehen lassen wie die Klara Blum in ihren Bodensee-Tatorten.‹ – ›Und wer fährt mit Frau Schwan in die Gerichtsmedizin, Chef? Und wer holt die Proben von Reckberg und dem Schwiegervater von Rinke ein? Und wer kümmert sich um die Daten vom Salcher?‹, fragt Bernd. ›Natürlich Sie den letzten Teil!‹, sagt Schneider, ›Sie fahren doch so gern Rallye. Ich kutschiere Frau Schwan gemütlich in die Gerichtsmedizin und nehme Judith zur Unterstützung mit. Aber vorher schaue ich die Akte Salcher an, falls es eine gibt, und wir klären alles, was noch auf dem Tisch liegt, soweit wir können. Machen Sie einfach Notizen, damit wir nichts vergessen!‹

Unter solchen Gesprächen haben sie das Büro in Überlingen erreicht, wo Judith bereits den Tisch mit Kaffee und Butterbrezen vorbereitet hat. ›Hm‹, sagt der Chef, als er abbeißt, ›die Brezen können nur vom Schultheiß sein. So gute backt sonst keiner!‹ – ›Stimmt, Herr Schneider‹, lacht Judith, ›und ich wurde auch ganz freundlich von der Gisela Schultheiß bedient. Die schaut manchmal noch nach dem Rechten, seit sie die Bäckerei verpachtet haben.‹

›Damit Du es weißt, Judith‹, bringt Bernd nach der hastigen Vernichtung seiner ersten Breze heraus, ›der Chef weiß über uns Bescheid. Da ich die Spur von Deiner Mutter ins Spiel bringen musste, war das unvermeidlich.‹

Als Judith den Chef fragend anblickt, platzt der heraus: ›Ich verrate Euch nicht, Ehrenwort! Wir können Eure Verlobung mit Butterbrezen und Kaffee gern heimlich, dafür aber umso öfter feiern. Ich hebe die Tasse auf Eure … Also: Ich sag nix, bevor Ihr das selbst bekannt macht. Okay? – Und jetzt ran an die Arbeit. – Übrigens, Breunecke, haben Sie den Namen von Rinkes Schwiegervater?‹

›Chef, den habe ich nicht notiert‹, kommt es von Bernd zurück, ›meine aber ›Rosenbusch‹ auf dem Türschild gelesen zu haben. Ich schaue gleich im Überlinger Adressbuch und auch im Telefonverzeichnis nach, falls die nicht zusammen mit den Rinkes ein Festnetztelefon haben!‹

Im Telefonbuch findet er nur ›Rinke‹. Das Adressbuch verzeichnet in Bonndorf einen ›Rosenbusch, Friedrich‹.

Den Namen gibt er nun in den Computer ein. ›Datenzugang gesperrt!‹, gibt der Computer aus. Als er danach die Namen ›Reckberg, Rudolf, Sipplingen‹ und ›Puchner, Herbert, Sipplingen‹ eingibt, kommt dasselbe Ergebnis. Neugierig geworden, gibt er auch noch ›Salcher, Anton, Sipplingen‹ ein. Wieder ›Datenzugang gesperrt‹!

›Machen wir einen Test!‹, denkt Bernd und gibt nun ›Schwan, Sarah, Meersburg‹ ein. Und da stehen alle Daten: ›Sarah Schwan, 88709 Meersburg, Am Sentenhand 4, Tel. 0 77 32 – 86 81 01; geb. 13. Nov. 1936 Ravensburg als Salman, Sarah; 1938 – 1962 staatenlos, 1962 – 1967 verh. Alsberg, Gernot, Überlingen; dt. Staatsb.; Ehe gesch. 1967, ern. verh. 1972 Schwan, Albert, Meersburg; Geb. Tochter Judith 6. Juni 1972, verw. 1992.‹

Neugierig geworden, gibt er ›Alsberg, Gernot, Überlingen‹ ein. Es erscheinen ein paar magere Daten, aus denen hervorgeht, dass Alsberg nun in Konstanz wohnhaft ist und als Musikdirektor bis zu seiner Pensionierung in Stockach agiert hat, in zweiter Ehe mit einer Gesine Habacht, geb. Lange, verheiratet ist.

›Chef, kommen Sie mal rüber an meinen Computer‹, ruft Bernd, nachdem er angeklopft hat, ›ich muss Ihnen was Merkwürdiges zeigen. Daten von harmlosen Bürgern sind greifbar, weil die mal im Exil und staatenlos waren! Aber bei unseren drei Kandidaten kommt immer ›Datenzugang gesperrt‹. Sogar bei dem verstorbenen Anton Salcher gibt der Computer das aus.‹

Schneider deckt die Telefonmuschel zu: ›So etwas Ähnliches habe ich schon erwartet, Breunecke. Die Akte vom Salcher ist nämlich auch verschwunden, liegt ›aus Staatsschutzinteressen‹ in Tübingen. Ich spreche gerade mit dem Arsch in Tübingen, der das veranlasst hat. Das ist nämlich genau der Freund, Sie wissen schon!‹ Dann bedeutet er Bernd, doch im Zimmer zu bleiben und deckt die Muschel wieder auf und sagt zuckersüß: ›Aber natürlich, Herr Ministerialdirigent Dr. Lange. Ganz klar sind wir daran interessiert, dass solche wertvollen Zeitzeugen nicht mehr belästigt werden, nachdem sie ihre Strafen verbüßt haben und entnazifiziert wurden. Immerhin haben diese liebenswürdigen Zeitgenossen von 1933 bis 1945 im Namen des deutschen Volkes wertvolle Arbeit geleistet. Natürlich können wir in Zeiten der Finanzkrise keine Skandale gebrauchen, die den Finanzmarkt Deutschland durch eine Vertrauenskrise … Klar sehe ich, dass das Nachbohren der Ludwigsburger im Fall Demjanjuk für uns Deutsche unangenehm ist. Ich werde natürlich diese gut gemeinte Anregung gern aufnehmen. Sicher kann auch bei ›einigermaßen gutem Willen‹ der ›Erntearbeiter Ignaz Trochowsky‹ aus Versehen unter das Obst geraten und erstickt sein. Nur haben Sie nicht bedacht, dass der Anton Salcher wohl als erster gefunden worden sein kann und das Ganze dann anders aussieht. Im Übrigen finde ich es nicht gerade freundlich, dass Sie sich hinter meinem Rücken mit der Spurensicherung in Friedrichshafen in Verbindung gesetzt haben und die Leiche schon in den nächsten Tagen für die

Überführung nach Gnesen freigeben wollen. Aber der Ober sticht den Unter. Ich beuge mich der oberen Staatsgewalt. Das erspart mir ja auch einen Haufen Arbeit, wie Sie bereits sagten. Ich danke Ihnen dafür!‹ Damit legt er auf.

›Das ist ja der Hammer!‹, entfährt es Bernd. ›Was machen wir jetzt, Chef?‹

›Ganz einfach!‹, sagt Schneider, ›ich rufe sofort bei meinem Freund von der Spusi in Friedrichhafen an. Wir bräuchten noch ein gut geschminktes Foto für die Angehörigen in Gnesen, damit diese die Beerdigung vorbereiten können. Der Kamerad wird in die Luft gehen, weil er doch der erste war, der den Troche als Schweizer Bürger identifiziert hat. Also wird er schleppend handeln, wenn Tübingen ihn anweist, die Leiche nach Polen zu liefern. Wir kommen, um dieses Foto zu machen und bringen Sarah und Judith Schwan mit. Die müssen ihren Schminkkoffer mitnehmen und tapfer mitspielen. Judith soll gleich ihre Mutter anrufen. Dann kann diese ihren Halbbruder vor Zeugen identifizieren und die Leiche reklamieren. Und Sie rufen von unterwegs die Redaktion der Schwäbischen Zeitung an und kündigen eine solche Sensation an wie ›Judenmord in Sipplingen‹. Ich rufe den Gerri Donderer an und mit diesem zusammen werden wir gleich telefonisch beim Zentralrat vorstellig, erzählen, was hier läuft. – Trauen Sie sich, das in Friedrichshafen so durchzuziehen, Breunecke? Ich muss inzwischen hier Druck machen und rufe dann die SWR-Redaktion in Friedrichshafen an. Und: Sobald Sie bei der Hinfahrt in Fischbach sind, rufen Sie mich kurz an. Ich rufe dann noch mal bei meinem Kollegen in Friedrichshafen an, es sei ein Leichenwagen unterwegs, der den Trochowsky abholen solle und gebe das Kennzeichen durch. Auf das Fahrzeug machen wir die Presse aufmerksam. Wahrscheinlich wird das andere Fahrzeug für die angebliche Überführung nach Polen schon warten. Aber das geht dann leer aus. Ich setze auf Ihre Erfindungsgabe, wie Sie mit dem Interview der Sarah Schwan alles lahm legen und die Leiche an sich bringen! Dann ist alles geritzt und der Staatsschutz mit seinen V-Männern und den aus Staatsschutzgründen zu beschützenden Altnazis kann uns mal den Buckel runter rutschen!‹

›Mach ich doch glatt mit, Chef! Bin schon weg!‹, sagt Bernd, saust in sein Zimmer, gibt Judith Bescheid und fährt gleich mit ihr los. Von unterwegs rufen sie Judiths Mutter an und natürlich die Redaktion der Schwäbischen Zeitung in Friedrichshafen. Sarah Schwan sagt sofort zu, als sie die Ungeheuerlichkeit begreift. Und sie ruft die Polizei in St. Gallen an und verständigt diese über den Tod von Beat Samuel Troche, schildert die beabsichtigte *Ausweisung* der Leiche nach Polen und erbittet Hilfe. Es droht ein Riesenwirbel.

Als Bernd sie in Meersburg abholt und das erfährt, ruft er Schneider an, gibt ihm die neue Lage durch und bittet ihn, ganz einfach die Polizei in St. Gallen offiziell zu informieren, dass der Beat S. Troche als Ermordeter identifiziert sei und die Leiche in absehbarer Zeit zur Bestattung freigegeben werde. Damit könne die Schweizer Polizei umgehend eine entsprechende Meldung mit der Bitte um Amtshilfe in Tübingen setzen und Sarah und Judith als Angehörige offiziell ins Spiel bringen. Damit ginge man viel Ärger aus dem Wege und könne wohl unter anderen Vorzeichen zu Ende ermitteln.

›Gute Idee, Breunecke‹, sagt Schneider nach kurzem Überlegen, ›Fernschreiben geht sofort raus. Telefonische Aufforderung parallel. Muss in einer halben Stunde über die Bühne sein. Identifizierung trotzdem. Interview Sarah Schwan am besten so, dass Öffentlichkeit an Aufklärung interessiert bleibt. Tränendrüse: ›Bruder nach Jahren ermordet wiedergefunden‹. Was Zündendes! Verlasse mich auf Sie. Nehme die Information der Behörden in der Schweiz ganz auf meine Kappe. Viel Erfolg!‹

Es funktioniert genau so, wie Bernd und sein Chef es erwartet haben. Und ihr Plan geht auf. Sarah beschreibt, ohne die Leiche zu berühren, nach kurzem Zögern eine Narbe auf dem rechten Schulterblatt und ein Muttermal darunter, das die Form eines Käfers hat. Damit identifiziert sie ihren Halbbruder überzeugend, als die Leiche danach umgedreht wird. Das Ansuchen aus der Schweiz und die Anweisung zur Amtshilfe aus Tübingen treffen fast gleichzeitig ein. Der Schwäbischen Zeitung und dem SWR gibt Sarah Schwan unter Tränen ein erschütterndes Interview.

Bernd ruft den Chef an: ›Alles gelaufen. Leiche gesichert für Überführung nach St. Gallen. Denke, dass die weiteren Ermittlungen nicht mehr behindert werden. – oder?‹ – ›Glaube ich nicht so ohne weiteres, Breunecke‹, kommt es mutlos zurück, ›die Daten von unseren Freunden sind zumindest bisher nicht wieder zugänglich!‹ – ›Warten wir ab, Chef‹, meint Bernd. ›Ich versuche es morgen noch einmal. Und wenn es dann nicht funktioniert, gebe ich übermorgen der Bildzeitung ein Interview, das sich gewaschen hat!‹ ›Das lassen Sie mal, Breunecke‹, lässt Schneider verlauten, ›ich stell dann lieber noch mal den vorgesetzten Arsch in Tübingen in die Senkrechte. Vorhin war der schon ganz kleinlaut am Telefon und hat angefragt, ob wir den Fall nicht wegen Arbeitsüberlastung … – ›So überlastet können wir gar nicht sein‹, habe ich ihm gesagt, ›es beginnt gerade Spaß zu machen!‹ Ich denke, dass wir bald wieder Zugriff auf die Daten haben, dass dann aber vielleicht die Personen fehlen, auf die sich die Daten beziehen. Wahrscheinlich wäre es nicht schade drum, wenn das zutrifft, was ich nach Andeutungen vom Gerri vermuten muss. Aber wir haben die Pflicht, unsere Zeugen auch dann zu schützen, wenn sie bisher in einem merkwürdigen Täterschutzprogramm gewesen sein sollten. Ich lasse die drei wegen Tatverdachtes und Fluchtgefahr vorläufig festnehmen. Für einen nachfolgenden Haftbefehl haben wir spätestens dann auch bei

Rosenbusch etwas in der Hand, wenn die Sommerreifen und sein Auto untersucht sind. Über Puchner und Reckberg haben wir sowieso genug im Köcher. – Bringen Sie also die Damen heil zurück und kommen Sie noch kurz ins Büro, damit wir eventuell erste Aussagen des Trios erhalten. Sonst besprechen wir eben noch, was Sie morgen einholen müssen, während ich vernehme!‹

Es gibt aber nicht viel zu vernehmen, als Bernd mit Judith wieder eintrifft. Rosenbusch ist mit seinem Auto weg gefahren, hat einen Koffer mitgenommen, von einem Kameradentreffen gesprochen. Sagt seine Frau. Wo das ist, weiß Frau Rosenbusch angeblich nicht. Reckberg hat am Morgen eine Reise zu Verwandten in Neuss angetreten, wie seine Frau erzählt.

Nur Puchner kann von den Beamten mitgenommen werden. Er ist mit seinen Arbeitern im Apfelgarten und kann dort verhaftet werden. Seine Frau hat den Anruf nicht weitergegeben. ›Wo kommen wir hin, wenn einer mitten in der Apfelernte verreist!‹, sagt sie dem Anrufer, der sich nicht mit Namen meldet, und legt auf. Beim nächsten Anruf nimmt sie erst gar nicht auf. So erklärt sie es den Beamten.

Puchner sitzt zitternd im Untersuchungszimmer, als Bernd wieder in Überlingen eintrifft. ›Die machen mich fertig, die machen mich fertig!‹, ist alles, was Puchner sagt. ›Das macht gar nichts, Herr Puchner!‹, kriegt er von Schneider zur Antwort, ›aber bei uns sind Sie auch ohne Aussage sicher aufgehoben. Überlegen Sie es sich bis morgen. Wir haben genug andere Spuren, zum Beispiel die Pläne vom Goldbach-Stollen und ein Gespräch mit dem Vorsitzenden des Goldbach-Vereins Gernheimer und dem Schriftführer Habacht!‹ Bei ›Vorsitzender‹ und ›Schriftführer‹ scheint Puchner leicht zusammenzuzucken. Sie lassen ihn in die Zelle bringen.

›Haben Sie das gesehen, Chef?‹, sagt Bernd, ›mit dem Schriftführer scheint was nicht zu stimmen!‹ – ›Oder mit dem Vorsitzenden!‹, ergänzt Schneider, ›Die Aussage, dass er fast alle Anfragen an den Schriftführer abgibt, scheint mir windelweich. Als Vorsitzender muss man doch die Vorgänge kennen, und bei einer Anfrage aus dem Ausland, ob es Häftlingslisten gibt und Verzeichnisse der Wachmannschaften und genaue Pläne des Stollens müssen bei einem Vorsitzenden doch die Alarmglocken angehen. Aber hier lässt er alles seinen Knecht machen und bespricht das nicht einmal im Vorstand. Da sind nämlich Listen und Pläne ausgedruckt und teilweise geschwärzt an den Beat S. Troche weitergegeben und in Rechnung gestellt worden. Das weiß ich aus den Papieren in der Tasche und im Koffer. Und die Rechnung war nicht zu knapp und ›bar bei Übergabe‹. Das waren die beiden Schreiben: Ankündigung und Anweisung für Übergabe der Papiere in Friedrichshafen auf der Fähre EUREGIA gegen Bares. Ich habe die Vereins-Protokolle daraufhin schon durchgesehen und die Berichte des Kassiers, die ich als Beisitzer immer erhalte. Keinerlei Eintrag! – Wen nehmen wir uns zuerst vor, Breunecke, den Schriftführer oder meinen lieben Vorsitzenden?‹ – ›Gute Frage, Chef‹, meint Bernd, ›aber ehe wir uns hier vergaloppieren, sollten wir den Experten Donderer vertraulich befragen, ihm Pläne, Listen und Schreiben zeigen. Der kennt sich doch wohl im Goldbach-Stollen und in den Angelegenheiten aus.‹

›Okay, ich ruf ihn an‹, stimmt Schneider zu, ›und werde ihn offiziell zum Stillschweigen verpflichten. Wir können danach eher eine Durchsuchung beim Schriftführer und dem Goldapfel veranlassen. Machen Sie inzwischen Ihre Sachen fertig, Breunecke, und rufen Sie den Rinke an, dass wir ihn heute noch in seiner Nachtschicht besuchen. Vom Gerri Donderer fahren wir gleich zu ihm weiter. Der muss mir noch was über seinen Schwiegervater erzählen, und dann hören wir auch noch seine Frau und die Schwiegermutter dazu!‹

›Und was ist mit Frau Puchner und der Frau Reckberg, Chef?‹, fragt Bernd, ›die sind doch wohl auch fällig!‹ – ›Habe mit der Staatsanwaltschaft gesprochen, Breunecke, nur Fangschaltungen und Abhören – Dr. Lange in Tübingen ist nicht eingebunden. Dasselbe ist für den Vorsitzenden und den Schriftführer veranlasst. Die gehen uns also nicht durch die Lappen!‹

Gerri Donderer empfängt die beiden mit düsterer Miene: ›Den Schriftführer Habacht kannst Du vergessen, Egon, den hat jemand am Freitagabend mitsamt seinem Audi TT oberhalb von Ludwigshafen von der Straße geschossen, wie ich gehört habe. Unangenehme Sache. Soll in Drogengeschäfte verwickelt gewesen sein. Habe mich sowieso gewundert, wie jemand einen teuren Audi TT fahren kann, wenn er in Mannheim seit Jahren Musik in der Sparte ›Pop‹ studiert. Die Mutter ist verwitwet. Und seine Engagements als Event-Veranstalter sollen auch nicht viel eingebracht haben. Morgen wird er beerdigt! – Aber nun zeig doch mal, was Du über den Goldbach-Stollen wissen möchtest.‹

Beim Vergleich der beiden Karten weist Gerald Donderer auf deutliche Unterschiede beim Eingangsbereich hin: ›Die alte Karte – wo hast Du die her, Egon? – zeigt Hohlräume im Bereich der alten Eingänge, die unzugänglich sind, seit die Franzosen alles gesprengt haben. Der neue Eingang fehlt: interessant! Dann sieht man bei manchen Kreuzungspunkten in der alten Karte Höhlungen. Das könnten Abschnittswachabteile oder Meldestellen gewesen sein. Sollte man abklopfen und öffnen! Ist aber schwierig, nachdem fast alles mit Spritzbeton überzogen wurde. – Kann ich eine Kopie des alten Planes haben?‹ – ›Kriegst Du sofort, sobald die Angelegenheit abgeschlossen ist, Gerri!‹, beruhigt ihn Schneider, ›sag uns nun bitte noch was zu den Listen und der Rechnung!‹

›Also, die Rechnung und die Listen!‹, schüttelt Donderer den Kopf, ›so etwas wird normalerweise nur an Forschungsinstitute herausgegeben. Es gilt seit Jahren der Personenschutz, leider nicht nur für die Opfer, sondern auch für die Täter, weil diese ihre Strafen schon lange verbüßt haben. Mich ärgert so etwas: Da gibt es als Gegenbeispiel das KZ Sachsenhausen, also in Oranienburg bei Berlin. Zu DDR-Zeiten konnte man da in den Zellen nicht nur Bilder von Opfern, sondern auch von den Tätern sehen, zum großen Teil auch, in welchen Orten diese ungestört im Westen als Ärzte usw. weiter tätig waren. Nach der Wiedervereinigung sind diese Tafeln sofort bei einer Neugestaltung des Museums verschwunden. Ich bin prinzipiell gegen einen solchen Täterschutz. Wir machen uns als Demokraten unglaubwürdig, wenn wir bei Verbrechen gegen die Menschlichkeit zwar große Tafeln mit den Opfern aufstellen, aber die Täter nicht nennen. Man muss meiner Ansicht nach deutlich und ungestraft sagen dürfen, dass Dr. Hans Globke, als Kanzleramtsminister die rechte Hand von Kanzler Adenauer, als Jurist die Nürnberger Gesetze im Sinne der Nazi-Diktatur bindend für die Nazijuristerei kommentiert hat und dass einem solchen furchtbaren Juristen kein Bundesverdienstkreuz angeheftet werden dürfte. Dieselbe Schweinerei geht jetzt schon ähnlich mit den Stasileuten los. Die können sich auch auf einen solchen ›Täterschutz‹ berufen. Und unser Staat sieht in der Sache dumm aus, weil er zum Schutz seiner ›abgebüßten Nazitäter‹ so blöde Gesetze geschaffen hat. – Aber zurück zu Deinen Fragen, Egon: Eine Rechnung gibt es bei wissenschaftlicher Auskunft nur über Kostenersatz für Kopien und Porto, niemals in einer solchen Höhe. Das schon mal zum ersten. Das Nächste ist: Die Listen können nicht stimmen. Ich habe hier meine Listen zum Vergleich: Da sind Namen auf Deiner Liste der Wachmannschaft geschwärzt. Die kann man noch auf meinen Listen sehen. Und dann sind auf Deiner Liste Namen unterstrichen und handschriftlich mit einem Sternchen versehen: ›Rosen, Ferdinand‹, ›Rechmann, Rolf‹, ›Buchental, Hermann‹ und ›Salman, Aloys‹. Unten dann dieser Zusatz zu den Sternchen ›Klarnamen und Anschriften beim Treff‹. – Merkwürdig! An wen wurde das geschickt? Der Fälscher muss ein Schwein sein, denn den Namen ›Salman‹ bei den Wachmannschaften einzusetzen ist eine Riesengemeinheit. Der deutsche Buchhändler Salman aus Ravensburg war ein Opfer. Er hatte in den Augen der Nazis zwei Fehler: Er war Sozialdemokrat und als Deutscher mit einer Jüdin verheiratet. Seine beiden Fehler brachten ihn ins KZ, und er ist als Opfer namentlich bekannt, weil er noch zu denen gehörte, die in Konstanz im Krematorium verbrannt wurden. Auf dem Friedhof bei der Birnau liegen ja nur die 97 Opfer, die man auf dem Degenhard ausgrub und nicht identifizieren konnte. Die Namen mit Sternchen wollen wir mal mit meiner Liste vergleichen, dann sehen wir, welche Namen an der entsprechenden Stelle in meiner Liste stehen:

Rosen, Ferdinand = Rosenbusch, Friedrich
Rechmann, Rolf = Reckberg, Rudolf
Buchental, Hermann = Puchner, Herbert
Salman, Aloys = Salcher, Anton.

Den Anton Salcher kannst Du von der Liste streichen, Egon, der wurde im Februar tot im Bett gefunden, war wohl mit seinem Buchhandelsantiquariat auch am Ende. Der Rosenbusch muss irgendwo im Norden wohnen, Neumünster glaube ich, hat mir zumindest mal eine windige Anfrage zur ›Unterirdischen Fabrik‹ in einem Stollen bei Überlingen geschickt. Ich habe den Schriftführer seinerzeit veranlasst, ihm unseren Prospekt vom Stollen zu senden. Da sind ja die vier Firmen genannt, welche dort einmal produzieren wollten. Danach habe ich nichts mehr von ihm gehört. Herbert Puchner und Rudolf Reckberg wohnen seit dem Krieg in Sipplingen, haben dort eingeheiratet. Bei der Entnazifizierung haben sie angegeben, nur als Fachleute für die Sprengungen tätig gewesen zu sein oder als Schlosser für das Bohrgerät, was durchaus zutreffen kann. Denn damit waren sie auch den Franzosen bei den Sprengarbeiten behilflich und bekannt. Zeugen gegen sie gab es nicht. 1946 waren sie aber unter jenen, die auf Befehl der Franzosen die Leichen aus dem Massengrab am Degenhard bergen und auf dem Gedenkfriedhof an der Birnau beisetzen mussten. Meiner Ansicht nach gehören sie zu den Tätern. Sie kamen aber in ihren Prozessen milde davon, als die Entnazifizierung mit Beginn des Kalten Krieges in die Hose ging. – Mit dem Salcher habe ich mich öfter unterhalten. Der handelte ja mit Büchern. War nur kurze Zeit für Abrechnungen und Versorgung im Außenlager Aufkirch zuständig, wie er mir sagte, und konnte dann in Ravensburg nach dem Krieg kurz seinen Buchladen führen, ehe er pleite ging. Das war übrigens der Laden, der mal dem Salman gehörte. Puchner und Reckberg habe ich zu befragen versucht. Die rücken nichts raus! – So, und wann darf ich mit dem Plan rechnen, Egon. Ich muss nämlich mit dem Vorsitzenden beraten und dann Anträge stellen, wenn wir da was herausbekommen wollen. Die Bundesliegenschaftsverwaltung ist für den Stollen zuständig. Das wird langwierig! Und bezahlen wollen die eine Öffnung in den Bereichen sicher auch nicht. Das wird nämlich teuer. In den Achtzigern wurde der Spritzbeton mit Asbestfasern versetzt. Eine Asbestsanierung ist für das nächste Jahr geplant, wenn ich das richtig verstanden habe. Wir müssen also Forschungsmittel sammeln, um passend dabei zu sein!‹

›Gerri, ich danke Dir für Deine vielen Auskünfte‹, kommt es nachdenklich von Schneider, ›Ihr könnt im Verein schon mal mit dem Sammeln von Forschungsmitteln beginnen. Die Karte kann ich Dir leider nicht überlassen, bevor unser Fall abgeschlossen ist. Ich brauche sie außerdem noch für meine Ermittlungen. Aber Du darfst gern noch mal einen Blick darauf werfen und mir sagen, welche Stelle Du für eine Suche besonders interessant finden würdest. Du weißt ja, dass neulich schon versucht wurde, in den Stollen einzubrechen!‹

Gerald Donderer zeigt nach kurzem Überlegen auf den westlichen Bereich in der Nähe der alten Eingänge. ›Wenn es etwas Interessantes geben sollte – das ist aber eine bloße Vermutung – dann ist daran zu denken, dass hier kurz vor Kriegsende Kisten mit Devisen oder Dokumenten zwischengelagert wurden, um sie später in die Schweiz zu schaffen. Aber das ist reine Spekulation. Die Nazis haben in letzter Minute noch viel für sich im Ausland sicherstellen wollen. Das ist bekannt. Die Bahnstrecke ist nahe beim Stollen, die Straße geht vorbei, das Seeufer ist nah. Gefunden habe ich bei meinen Forschungen dazu leider nichts. Die wenigen überlebenden Häftlinge haben nichts gesehen, und die Bewacher oder professionellen Mineure des Bergbauunternehmens Haniel, welche die Häftlinge anleiten mussten, erzählen nichts. Allerdings waren die Häftlinge aus diesem vorderen Bereich in der Regel weggesperrt.‹

Nach diesen Erklärungen verabschieden sie sich schleunigst. Doch unter der Tür fällt es Schneider noch ein: ›Du, sag mal, Gerri. Wer hat eigentlich einen Schlüssel zum Stollen?‹

›Also‹, überlegt Donderer, ›die Bundesvermögensverwaltung hat einen, dann hat die Abteilung Touristik der Stadt für die Führungen zwei Schlüssel. Einer davon ist im Augenblick bei mir, weil ich morgen führen muss. Und nicht zu vergessen: Das Unternehmen, das die Boote einlagert, hat auch einen Schlüssel.‹

›Es sind demnach vier Schlüssel im Umlauf!‹, stellt Schneider fest, ›sperr Deinen Schlüssel gut weg. Wenn der

Einbrecher immer noch in den Stollen will, dann liegt es nahe, dass er bei Dir den Schlüssel holen wird. – Kannst Du den Schlüssel vielleicht bis morgen entbehren!‹

›Kein Problem‹, meint Donderer, ›wenn ich den morgen zu meiner Sonderführung um zwei Uhr wieder da habe. Ich hole ihn gleich!‹

Und so ziehen Egon Schneider und Bernd Breunecke um viele Informationen und einen Schlüssel reicher zu ihrem nächsten Besuch, zum Vorsitzenden des Goldbach-Vereins.

›Was ist denn mit Dir los?‹, fragt Egon Schneider, als Gustav Gernheimer die Haustür aufmacht, kurz schaut und Ihnen dann die Tür vor der Nase zuschlagen will. ›So lange Du den Breunecke mitbringst, kommst Du nicht rein, Egon!‹, brummt Gernheimer durch den Türspalt, ›den will ich hier nicht sehen!‹

›Gustav, Du verwechselst da was!‹, antwortet ihm Schneider, ›Herr Breunecke ist mit mir dienstlich hier. Wir müssen Dich dienstlich befragen. Lass uns also jetzt rein oder komm morgen um neun Uhr zu uns in unser Dienstzimmer. Ich denke hier bei Dir ist es wohl bequemer.‹

›Wenn das so ist, dann komm mit Deinem Champignonzüchter rein, Egon‹, lenkt Gernheimer ein. Kurze Zeit darauf sitzen sie in seinem verräucherten Arbeitszimmer an dem mit Papieren übersäten Tisch. Der Kamin zieht nicht richtig. Aus dem Schreibtisch nimmt Gernheimer eine Cognacflasche und zwei Gläser, stellt eines Egon Schneider hin und eines für sich. ›Ich denke, dass Breunecke Dich fährt!‹, sagt er, als Schneider ihn fragend anblickt und ruft zu der offen stehenden Tür hinaus: ›Ein Glas Wasser für den Champignonzüchter Breunecke, Hilde!‹

Aber da legt Schneider los: ›Wieso meinst Du, Gustav, dass Du Dich hier so ungezogen benehmen darfst! Breunecke spricht Dich auch nicht als Hüter der Häftlingsgruft an. Der bearbeitet zurzeit Deine Anzeige wegen des Einbruchsversuchs an der Stollentür, obwohl diese über die

Stadt Überlingen und die Bundesvermögensverwaltung hätte laufen müssen. So entgegenkommend sind wir, weil auch wir Interesse daran haben, dass diese Gedenkstätte deutschen Unrechts geschützt wird. So! Hör auf mit den Gehässigkeiten. – Wenn schon ein Betrieb den Stollen als Bootslager benutzen darf und keiner darüber redet, sorgen wir dafür, dass beim nächsten Faschingsumzug ein Boot mit Dir in einem Tunnel zu sehen ist mit dem Transparent darüber ›Stollenhüter rudert zurück‹. Und über dem Tunnel steht dann ›Bootslager Goldbach-Stollen‹. – Mir langt es mit Deiner zweifachen Moral. Wer hat denn das Bootslager im Stollen zugelassen und warum? Kannst Du mir das erklären? – Aber ich will es gar nicht wissen. Wahrscheinlich versteckst Du Dich hinter der Bundesvermögensverwaltung, die das verlangt habe. Rück lieber den Namen desjenigen raus, der dahinter steckt, und dann erklärst Du uns bitte, was Dein Schriftführer in die Schweiz geschrieben hat. Die Papiere haben wir hier.‹

›Egon‹, schnauft Gernheimer auf, ›das mit dem Bootslager ist doch schon kurz nach der Wiederöffnung des Stollens gemacht worden und bevor wir überhaupt rein konnten. Darauf hatte ich keinen Einfluss. Die Verträge hat die Bundesvermögensverwaltung abgeschlossen. Ich sehe ja auch, dass das widersinnig ist, denn von der Pacht sieht der Verein gar nichts.‹

›Dafür hat aber auch die Bundesvermögensverwaltung den Stollen wunderbar mit Spritzbeton saniert, den sie in absehbarer Zeit asbestsanieren muss‹, Gustav, ›in den Räumen kann man weder gesunde Champignons züchten, noch Äpfel lagern, höchsten Autos oder Boote … also hören wir damit auf und gehen an die Papiere.‹

Als sie soweit sind, stellt Frau Gernheimer wortlos ein Glas Wasser vor Bernd und entfernt sich wieder.

›So, da haben wir zunächst die beiden Pläne, die im Koffer des Toten gefunden wurden, und dann noch zwei

Briefe. Und das solltest Du uns erklären‹, nimmt Schneider den Faden wieder auf.

Gernheimer nimmt die beiden Pläne, hält sie kurz gegen das Licht, legt sie dann nebeneinander, sagt ›Sind aber nur Kopien!‹, legt sie erneut übereinander und hält sie wieder gegen das Licht, ›Maßstab stimmt nicht überein, sollte man anpassen, dann ist sicher zu sehen, um was es dem Zeichner ging. – grob gesagt: Der alte Plan enthält Details, die mir nicht bekannt sind. Es sind Teile darauf verzeichnet, die entweder seit 1945 gesprengt und verschüttet sind oder in den achtziger Jahren unter dem Spritzbeton verschwanden.‹

›Nehmen wir mal an, Gustav, jemand sucht etwas in dem Stollen, das für ihn wichtig ist und 1945 kurz vor Kriegsende versteckt wurde‹, sagt Schneider darauf, ›an welcher Stelle würdest Du suchen?‹

›Schwer zu sagen‹, überlegt Gernheimer, ›ich würde dann nur den alten Plan ranziehen. Und dann gibt es zwei Möglichkeiten. Entweder es soll auf ewig unerreichbar oder vielleicht im Notfall greifbar verborgen werden; dann wäre das in den hinteren Bereichen des Stollensystems. Oder es soll schnell wieder erreichbar, aber gut verborgen sein. Dann kommen Verstecke in der Nähe der vier alten Eingänge in Frage, welche von den Franzosen gesprengt wurden.‹

›Es gäbe noch eine Möglichkeit!‹, mischt sich Bernd nun ein, ›ein Versteck in der Nähe der Fensterstollenausgänge. Dann reicht eine Person, die das Versteck räumt, Dokumente oder Devisen oder Wertgegenstände zu den Gittern der Fensterstollen bringt und …‹ – ›Das ist natürlich auch eine Möglichkeit!‹, räumt Gernheimer nachdenklich ein. ›Führungen sind immer am ersten Freitag im Monat und dann noch Gruppenführungen auf Bestellung und Lesungen. Wenn sich einer von der Gruppe entfernt, muss das eigentlich auffallen. Aber wer rechnet schon damit, dass jemand im Stollen bleiben will. Und wenn jemand bei den Lesungen im Stollen sich entfernt, fällt das erst recht nicht auf. – Ich glaube, wir müssen mehr darauf achten, wer mit einem Rucksack rein geht und die Zahlen präziser kontrollieren.‹ – ›Und mit dem Bootsstapler müssen wir auch reden!‹, ergänzt Schneider, ›Denn wenn einer von außen durch die Fensterstollen versorgt werden kann, ist es für ihn einfach, bei der nächsten bestellten Führung unauffällig wieder mit rauszugehen. – Also haben wir hier ein Problem – aber nun zu den Schreiben, Gustav!‹

Gernheimer schaut die Listen an und dann die Schreiben und die Rechnung. ›Das gibt's doch nicht!‹, poltert er los, ›was ist dem Georg Habacht da nur eingefallen! Listen geben wir nicht raus! Adressen schon gar nicht – und unser Verein stellt keine Rechnungen. Wir haben Beiträge und Spenden. Wissenschaftliches geht, wenn überhaupt, nur über den Donderer raus. Die Führungen gehen auf Rechnung der Stadt. Wie stehen wir denn plötzlich da?‹ ›Ganz dumm natürlich, Gustav‹, bemerkt Egon Schneider, ›ganz dumm, zumal Deine Unterschrift darunter steht!‹

›Was‹, schreit Gernheimer, ›das soll meine Unterschrift sein? – Das sieht doch ein Blinder mit dem Krückstock, dass das gefälscht ist. Es ist doch wohl klar, dass der junge Habacht Geld brauchte und verbrauchte. Deswegen haben wir ihn auch nicht zum Kassier gemacht, sondern nur zum Schriftführer. Das hat er ja auch immer gut gemacht, wenn er zu den Sitzungen kam und protokollierte oder Schreiben beantwortete! Dem werde ich Dampf machen!‹

›Wie wir sehen, hat er seine Arbeit wohl viel zu gut gemacht!‹, fügt Schneider sarkastisch an, ›und Dampf machen wirst Du ihm wohl kaum, denn er hat seine Arbeit beendet und ist tot! Und nun bitte noch den bewussten Namen, Gustav!‹

Gernheimer bleibt der Mund offen, dann stottert er: ›Wann ist das denn mit dem Habacht nur passiert? – Den

Namen schreibe ich lieber auf, zeige ihn Dir und verbrenne dann den Zettel. Dann habe ich den Namen nicht vor Zeugen genannt‹, notiert etwas auf einen Zettel, zeigt ihn Schneider. Der liest den Namen, nickt bestätigend. Und Gernheimer wirft den Zettel ins Kaminfeuer.

›Noch eines, Gustav, ehe wir gehen‹, fällt es Schneider ein, ›was sagen Dir die Namen Rudolf Reckberg, Herbert Puchner, Anton Salcher und Friedrich Rosenbusch?‹

›Da muss ich in unsere Mitgliederliste schauen, einen Moment‹, gibt Gernheimer zurück, sucht die Liste heraus, schaut nach: ›Ein Anton Salcher aus Sipplingen ist Mitglied. Der unterstützt uns immer bei Arbeiten im Stollen und hat uns auch bei Forschungen zum Einzelschicksal des Häftlings Salman aus Ravensburg Details verschafft. Die anderen Namen finde ich nicht in der Liste!‹

›Gut, Gustav, den Anton Salcher kannst Du aus Deiner Mitgliederliste auch streichen, der ist im Frühjahr verstorben – hat Dir das keiner gesagt? – Ach ja, die Listen führte ja der Schriftführer! – Schönen Abend noch. Wenn wir Fragen haben, kommen wir wieder. Vielen Dank für Wasser und Cognac und einen Gruß an die Frau!‹

Als sie im Auto sitzen und losfahren, schüttelt Schneider den Kopf: ›Der Gustav hat von nichts eine Ahnung. Der scheidet glatt aus. Für heute ist Feierabend. Ich rufe schnell bei Bio-Xpress an, dass wir morgen erst beim Rinke vorbeikommen. Fahren Sie direkt nach Hause. – Der Gustav ist ein Ochse! Kennt sich in seinem Verein vorn und hinten nicht aus. Und der Schriftführer macht lukrative Privatgeschäfte mit Daten und Drogen.‹ – Bernd ergänzt: ›Und der davon weiß, steckt dem Troche Drogen in die Tasche, um den Verdacht auf diesen zu lenken. Der Habacht hat vielleicht sein Wissen an Troche verkauft, aber umgebracht hat er ihn wohl nicht. Wenn er dem Troche die Klarnamen und Adressen verkauft hat, liegt es doch wohl nahe, dass er versucht hat, auch diese Leute abzukassieren, bevor er sie dem

Samuel Trochowsky zur Verarbeitung gemäß Talionsgesetz auslieferte. Ich spekuliere jetzt mal, dass Salcher sich lieber mit Troche versöhnen, als an Habacht zahlen wollte. Und dann spekuliere ich weiter, dass seine Brüder im Geiste ein Aus-der-Reihe-Tanzen nicht duldeten. Vermutlich haben sie ihn beseitigt und damit den Erpresser, den sie nicht kannten, erschrecken wollen. Wir sollten also die Geldbewegungen auf den Konten von Reckberg, Puchner und Rosenbusch unter die Lupe nehmen. – Und natürlich von Habacht!‹

›Sehr schöne Theorie, Breunecke, was den Tod von Salcher angeht‹, überlegt Schneider, ›nur fehlt uns dann immer noch, wer Troche und Habacht umgebracht hat. Denn dass er ein Erpesser war, steht für mich fest. Und Habacht kann zwar Troche umgebracht haben – zeitlich zumindest käme das hin, weil er zu dem Zeitpunkt noch lebte, aber welches Motiv sollte er haben? Und dann bleibt immer noch übrig, wer den Habacht ermordet hat. – Wir ergehen uns hier in Spekulationen, weil wir mehr Spuren als Täter haben! Ich gebe Ihnen deswegen noch eine Spekulation mit auf den Weg in ihre heutigen Träume: Reckberg und Puchner haben im Stollenmund vor der Sprengung eine Kiste mit wertvollem Inhalt beiseite geschafft. Sie kommen seit Jahren nicht unauffällig daran. Salcher bearbeitet in Sipplingen die Gemeindeakten oder stößt als Nachbar auf die beiden und gibt sich zu erkennen. Er wird Mitglied im Goldbach-Verein, spioniert für die beiden und hofft auf einen Anteil. Habacht findet die Spur der Drei und beginnt sie zu erpressen. Als er die Adresse von Rosenbusch bekommt, ist auch dieser dran. Troches Anfrage verschafft Habacht eine zusätzliche Möglichkeit, Geld zu verdienen und gleichzeitig das Quartett auf Troche zu lenken, falls es für ihn selbst brenzlig werden sollte. Erschlagen sie Troche, kann er seine Erpressungen bei ihnen fortsetzen. Nun geht das Domino-Spiel aber anders: Der Dominostein Salcher will nach dem Kontakt mit Troche Frieden machen und verhandelt mit ihm, weil er in Geldnöten schwebt. Habacht kommt dahinter und beseitigt Salcher. Das Trio verdächtigt Troche, als der gezielt nach dem Haus von Salcher fragt und dort provisorisch einzieht, nachdem er vorher in Goldbach wohnte. Sie arrangieren das Zusammentreffen im Apfelgarten. Puchner muss Troche zum Nachschauen schicken. Troche ist arglos und nimmt seine Pistole nicht mit. Rosenbusch und Reckberg erwarten ihn. Sie versuchen den Namen aus ihm herauszuprügeln, um den Kontaktmann herauszubekommen: Habacht. Dann bringen sie Troche um und stecken ihn in einen der Apfelcontainer, statt ihn an Ort und Stelle zu begraben. Fragt sich nur, warum.‹ ›Chef‹, wirft Bernd ein, ›mir schwirrt schon der Kopf von Ihren guten Gedanken, aber eines erklärt Ihre schöne Theorie nicht neben dem fehlenden ›Warum‹ beim Verschwindenlassen der Leiche: Wie kommt das Kokain in Troches Taschen, wenn Reckberg und Rosenbusch erst beim Foltern den Namen von Habacht erfahren! Die zwei haben doch wohl kaum Kokain dabei! Die Leiche im Apfelcontainer muss eine gezielte Botschaft an jemanden bei Bio-Xpress sein, und der ›Absender‹ muss genau gewusst haben, dass der Container dort hingeht!‹

›Der Theorien genug, Breunecke!‹, sagt der Chef, bevor er in Ernatsreute aussteigt, ›morgen haben wir viele Punkte zu überprüfen, zum Beispiel, wo Habacht wohnte, bei wem Troche in Goldbach wohnte und ob Rosenbusch wirklich sein Geld an die Lehman-Bank verloren hat. Wir müssen auch die Konten von Puchner und Reckberg prüfen. – Wir werden beide morgen viel Arbeit haben und heute Nacht einen unruhigen Schlaf! Holen Sie mich doch bitte morgen etwas früher ab, ganz egal, bei wem, wo und wie Sie schlafen!‹

›Etwas mehr Diskretion, bitte, Chef!‹, lacht Bernd und fährt nach Owingen. Die Haustür ist nicht eingehakt. Müde tappt er rauf zu seiner Wohnung im Dachgeschoss und will aufsperren. Kein Schlüssel da! Aber durch den Spion sieht er Licht in der Wohnung, und die Musikanlage läuft. Chopins Trauermarsch. Er klopft. Judith öffnet und fällt ihm um den Hals: ›Du hast Deinen Schlüssel im Büro liegen lassen, Bernd. Und Dein Handy hast Du auch abgestellt. Da habe ich gedacht, dass Du entweder mit dem Chef noch spät ins Büro kommst und es merkst oder zu mir fährst. Am Wahrscheinlichsten schien mir aber, dass Du den Chef wieder bei ihm zu Hause ablieferst. Ich habe an den drei Stellen Nachricht hinterlassen. Die Frau vom Chef war am Telefon knurrig, wollte es aber ausrichten. Und dann habe ich hier für Dich ein Abendessen angerichtet, als es immer später wurde. – Bist Du mir böse?‹ ›Ganz im Gegenteil, Judith!‹, atmet Bernd auf, ›ich hatte schon ein schlechtes Gewissen, dass ich Dich heute nicht mehr besuchen könnte – und nun bist Du hier. Toll! – Aber wie geht es Deiner Mutter?‹

›Bei der war ich kurz nach Dienstschluss. Sie hat es ziemlich mitgenommen‹, erklärt Judith, ›und mich auch, Onkel Sammy so wieder zu sehen. Und dass man ihm auch noch Kokain in die Tasche gesteckt hat, ist wohl eine bodenlose Gemeinheit. Mutter hat mit den Behörden in St. Gallen telefoniert und erfahren, dass die Polizei dort heute Onkel Sammys Villa total auf den Kopf gestellt hat. Sobald die Todesnachricht offiziell ist, muss Mutter als einzige Angehörige Beerdigung und Nachlass regeln. Übrigens hat irgendeine höhere Dienststelle aus Tübingen den Hinweis auf mögliche Drogen in der Villa per Fernschreiben gegeben.‹ – ›Bei den häufigen Einbrüchen in die Villa im vergangenen Jahr werden die Einbrecher wohl vorsorglich was Passendes zurückgelassen haben, Judith‹, sagt Bernd nachdenklich, ›ich rufe morgen unsere Freunde in St. Gallen an und erinnere daran, wenn ich mich nach dem Stand der Dinge erkundige. Wer immer auch hinter allem steckt, er schreckt vor keiner Verleumdung zurück! – Ich bin auch total erledigt. – Lass uns zu Abend essen und heute nicht mehr von dem Fall reden, Judith!‹

›In Ordnung, Bernd!‹, bemerkt sie schüchtern, ›nur noch dies: Mutters Haus wird von lästigen Reportern geradezu belagert. Können wir sie für ein paar Tage bei Dir im Gästezimmer unterbringen oder soll sie in meine Wohnung gehen und ich solange zu Dir ziehen?‹ – ›Das ist doch keine Frage!‹, meint Bernd, ›Ruf sie gleich an, sie soll bis morgen durchhalten. Dann holen wir sie morgen früh mit einem Polizeifahrzeug ab und bringen sie von der Wache aus in einem anderen Wagen zu Dir. Lass sie in Deine Wohnung ziehen und komm zu mir. Und wenn Deine Mutter auch in Andelshofen von den Reporten belästigt werden sollte, habt Ihr hier bei mir beide locker Platz. Du bekommst für alle Fälle gleich meinen Ersatzschlüssel Und wenn hier die Reporter was fragen wollen, brauchen sie eine Drehleiter oder einen Hubschrauber!‹

›Ach, bin ich froh!‹, atmet Judith auf, ›ich wusste es ja, ich wusste es ja …‹

Dienstag, 23. September 2008
Endspiel oder auch nicht

Bernd und Judith fällt das Aufstehen schwer, als der Wecker rappelt. Vor lauter Erzählen hatten sie lange nicht in den Schlaf gefunden. Und wenn zwei Menschen zusammen unter zwei getrennten Bettdecken liegen, die verrutschen, zieht es immer von irgendwoher. ›Beim Benno-Markt gibt es ein Sommer-Winter-Zudeck von zwei Meter mal zweizwanzig‹, gähnt Judith schon beim Aufstehen, ›und passende Bezüge auch und nicht teuer, Bernd. Du erlaubst sicher, dass ich damit dem zugigen Zustand ein Ende bereite. Dann wird auch der Schlaf zum Vergnügen!‹ – ›Wenn wir dafür Zeit finden, soll mir das recht sein!‹, lacht Bernd und gibt ihr einen langen Kuss, ›ich meine natürlich für das Kaufen! – Ich bereite schon mal das Frühstück, während Du ins Bad stürzt und danach leider Deine ganze Schönheit verhüllst!‹ Während er zur Tür springt, klatscht ihm Judiths Kopfkissen mit dem Ausruf ›Witzbold!‹ in den Nacken.

Als Bernd seinen Chef abholt, quetscht der gähnend ein ›Morgen, Breunecke!‹, heraus, ›na, auch so schlecht geschlafen?‹ – ›Nein, ausgezeichnet, Chef!‹, ärgert ihn Bernd, ›und gut gefrühstückt und zu allen Schandtaten der Welt bereit!‹ – ›Aber das Rasieren haben Sie vergessen Breunecke!‹, gibt ihm Schneider eins drüber, ›damit sind Sie eine Schande des Büros. Wenn Sie dazu noch etwas zerlumpt gingen und diese Sie nicht kennen würde, könnten Sie glatt undercover bei Frau Puchner anfangen. Der fehlt der sechste Erntehelfer und noch der Mann. Aber den Puchner quetschen wir heute früh aus. Vielleicht können wir uns viel Arbeit sparen, wenn er singt. Dann suchen Sie die Wohnung vom Habacht raus und fragen bei den Kollegen von der Drogenfahndung, ob die schon dort waren. Sobald Sie damit fertig sind, klappern Sie die Zimmervermieter in Goldbach ab, wo der Ignaz Trochowsky die paar Tage vor seinem Ableben untergekrochen war. Wenn Sie dann noch Zeit haben, fahren Sie bei Rinke zuhause vorbei. Kurz vor Mittag muss er schließlich schon wach sein. – Ich kümmere mich um alle Schlüssel zum Goldbach-Stollen und um die Konten unserer Flüchtlinge und so weiter!‹

›Na ja, Chef‹, wendet Bernd ein, ›das ist ja gut und schön. In der Wohnung vom Habacht möchte ich mich gern selbst umsehen. Die Drogenfahnder haben gewiss nur nach Drogen gesucht. Und ehe ich zum Rinke fahre, möchte ich doch wissen, was sein Konto uns erzählt. – Und dann ist da noch die Sache mit der Durchsuchung von Troches Villa in St. Gallen!‹

›Was für eine Durchsuchung, Breunecke, Sie wollen doch wohl nicht nach St. Gallen fahren‹, braust Schneider auf. Und Bernd erzählt ihm die Geschichte und dass der Tipp zur Durchsuchung aus Tübingen gekommen ist. ›Mir reichts‹, sagt Schneider, ›ich rufe die Kollegen in St. Gallen an und lasse mir das Fernschreiben eingescannt mailen. Den Herrn Dr. Lange kaufe ich mir dann. Wenn ich das Fernschreiben habe, kann ich ihn endlich hochgehen lassen! – Die Daten für Rinke kriegen Sie rechtzeitig, Breunecke, mit der Abholung von Judiths Mutter, das regele ich auch. – Und …, falls Sie in der Wohnung vom Habacht noch ein Foto von Judith finden sollten, Breunecke, dann denken Sie sich nichts dabei. Die Sache ist seit fast einem Jahr aus und vergessen. Nur die Drogenfahndung hat damals nicht reagiert und nur von ›Rache einer verblichenen Braut‹ gefaselt! – Erwarten Sie von den Herren nicht zuviel Kooperation. Die warten manchmal viel zu lange, bis sie zugreifen, weil sie angeblich ›nur so die Spur zu den Leuten im Hintergrund‹ aufdecken können. Vom alten Grundsatz ›Viele Wenig ergeben ein Viel‹ scheint bei denen niemand gehört zu haben.‹

Im Büro gibt es keine Butterbrezen und keinen Kaffee, und Judith ist auch noch nicht da oder bereits wieder fort. Der Beamte von der Wache wartet schon: ›Der Puchner will eine Aussage machen. Soll ich ihn gleich bringen?‹ – ›Okay‹, sagt Schneider, ›bringen Sie ihn sofort. Wenn ein Vogel singen will, muss man ihn singen lassen, ehe er sein Lied vergisst und ihn mit einer halb geöffneten Käfigtür bei Laune halten. Her mit ihm!‹

Puchners Aussage ergibt tatsächlich, dass er und Salcher sowie Reckberg und Rosenbusch erpresst wurden. Salcher war als Mitglied im Goldbach-Verein von Georg Habacht vertraulich darüber informiert worden, dass ein Herr aus St. Gallen sich nach einer Liste der Wächter und Beschäftigten vom Goldbach-Stollen erkundigt habe und er könne nicht dafür garantieren, dass die Listen in falsche Hände geraten seien. Danach hatten die Erpressungen begonnen.

Die Briefe kamen aus der Schweiz. Das Geld musste immer an Parkplätzen der B 31 zwischen Überlingen und Friedrichshafen in Papierkörben deponiert werden. Wo genau, kam immer so spät durch, dass sie nicht reagieren konnten, zumal sie zu Beginn auch gar nicht wussten, dass sie alle vier erpresst wurden. Rosenbusch hatte schließlich ›jemanden, der ihm über dessen Vater noch verpflichtet war‹ verständigt, damit ihre Personalien im Polizeicomputer gesperrt wurden und auch den Namen des als Erpresser verdächtigten Troche durchgegeben, dessen Namen und Adresse Salcher für fünftausend Euro von Habacht kaufte. Von Rosenbergs Verbindungsmann bekamen sie dann etwas später die Nachricht, dass Troche in seinem Hause wohl über kein Material verfüge. Als die Erpressungen immer noch nicht aufhörten, traf sich Salcher mit Troche auf der Mainau, um mit ihm direkt zu verhandeln. Troche gab an, von nichts zu wissen, was Salcher ihm aber nicht glaubte, weil die Erpressungen weitergingen.

›Der Salcher war finanziell am Ende. Er wollte lieber zur Polizei gehen oder alles öffentlich in der Presse bekennen. Das hat er wohl dem Troche geschrieben. Und eine Woche später hing er an seinem Stiegengeländer. Reckberg hat ihn gefunden und mich gerufen. Wir haben ihn abgenommen, saubergemacht, ihm einen Schlafanzug angezogen, einen Schal umgebunden und ihn in sein Bett gelegt, dann Hustensaft und Grippemittel auf den Nachttisch gestellt und den Hausarzt verständigt. Der hat den Totenschein auf ›Lungenentzündung‹ ausgestellt. Wir haben nach der Todesanzeige abgewartet, ob nun Ruhe war. Aber nach einem Monat ging es weiter mit der Erpressung. Und als der Trochowsky bei mir auftauchte, habe ich dem gleich nicht getraut und Reckberg und Rosenbusch Bescheid gesagt. Die haben ihn beobachtet. Zuerst ist er ihnen entwischt, weil er irgend woanders gewohnt hat. Und dann hat er sich doch tatsächlich bei Reckberg nach dem Haus vom Salcher erkundigt. Damit hatten wir ihn. Ich habe ihn zum Kontrollgang zu den Anhängern mit den Apfelcontainern geschickt, und die beiden haben ihn dort ausgefragt. Jedenfalls bin ich 'ne halbe Stunde später zum Reckberg. Da saßen die zwei und haben mir gesagt, dass der Trochowsky tot sei. Aber sie hätten nichts aus ihm rausgekriegt. Da haben wir beraten, wie wir die Leiche und die Spuren beseitigen könnten. Wir haben beraten und beraten, wollten ihn eigentlich mit 'nem Stein dran im Bodensee versenken. Aber als wir in den Apfelgarten kamen, war der Trochowsky weg. Wir haben gedacht, die zwei hätten sich getäuscht, der hätte vielleicht doch noch gelebt und sei abgehauen. Deswegen hat der Reckberg auch die Sachen im Haus vom Salcher gelassen und ich den Koffer in der Tenne. Den wollte ich noch mit ins Haus vom Salcher stellen. Das wäre nächste Woche alles mit im Container der Lindauer Verwertungsfirma gelandet, wenn der Trochowsky nicht wiederkam. – So. Das ist alles, was ich weiß!‹

›Nicht ganz, Herr Puchner‹, klopft Bernd auf den Busch, ›Sie vergessen die Kisten im Goldbach-Stollen, die der Reckberg und Sie vor der Sprengung versteckt haben.‹ – ›Woher wissen Sie denn das?‹, erschrickt Puchner, ›das wissen doch nur noch Reckberg und Rosenbusch!‹ – ›Eben!‹, bemerkt Schneider trocken, ›eben. Also können Sie uns jetzt bestätigen, was der erzählt hat!‹ Und Puchner erzählt von drei schweren zugelöteten Blechkisten, die sie im westlichen Eingangsteil vor der Sprengung in eine Höhlung geschafft haben und die noch da sein müssten. Er zeigt es ihnen auch auf dem Plan. ›Ganz wichtig kann es aber nicht sein, hat Rosenbusch uns gesagt‹, ergänzt Puchner, ›am ehesten noch Papiere oder Dollarnoten für die Schweiz. Der Rosenbusch war nämlich immer vorn im Eingangsbereich tätig und muss das wissen! Also haben wir alles gelassen, als Rosenbusch uns das gesagt hat. Gefälschte Dollars waren uns zu heiß! Nur jetzt, als wir so viel zahlen sollten, haben wir wieder daran gedacht.‹

›Laufen lassen können wir Sie nicht, Herr Puchner, wir müssen leider noch warten, bis Ihre zwei Kumpel das bestätigen! Und Beihilfe zum Mord oder zur Körperverletzung ist noch ein deutlicher Unterschied!‹ Puchner bleibt der Mund offen stehen, als Schneider das in den Raum wirft und ihn abführen lässt. ›Ihr habt mich reingelegt!‹, sagt er wütend, ›nun sage ich gar nichts mehr!‹ ›Dafür haben Sie uns ja vorher wohl lange genug versucht reinzulegen!‹, wirft ihm Schneider hinterher, ›Man sieht sich!‹

›So‹, sagt Schneider, als Puchner draußen ist, ›Dollarnoten – mir schwant da was. Wieso taucht der Rosenbusch nach den vielen Jahren mit einem Schwiegersohn aus der DDR mit Stasihintergrund auf? Wieso erzählt er seinen Kumpanen, dass in den Kisten nur falsche Dollarnoten sind? Wieso bekommen die Drei einen Wink zu verschwinden, als klar ist, dass wir direkt auf ihrer Spur sein müssen? – Und gestern hat uns der Donderer doch noch was vom KZ Sachsenhausen erzählt. Da wurden doch im Krieg die Dollarnoten gefälscht. Das kann kein Zufall sein. Werder liegt südlich von Berlin, Oranienburg mit dem KZ Sachsenhausen nördlich … wer weiß, ob da nicht eine Verbindung besteht. Es gibt nur eins: Telefonverbindungen von allen aus den letzten drei Monaten prüfen.‹

›Chef, von allen? Auch vom Gernheimer und vom Donderer?‹, fragt Bernd. ›Auch von denen, Breunecke, auch von denen!‹, sagt Schneider, ›es kann sein, dass sie von interessierter Seite ›auf wissenschaftlicher Basis‹ ausgefragt worden sind. – Und ich habe einen Schlüssel. Ich teile allen Stellen, denen ein Schlüssel zusteht mit, dass wir ›aus organisatorischen Gründen und sicherheitshalber‹ das Schloss wegen des Einbruchsversuch ›spätestens am Freitag austauschen müssen‹. Eine ähnliche Meldung lanciere ich in der Zeitung. Wenn noch Kisten da sein sollten, müssen die Abholer also schnell handeln! – Breunecke, Sie werden Ihre

Braut …‹ ›die nächsten zwei Nächte nicht sehen!‹, setzt Bernd fort, ›ich habe es schon geahnt. – Und noch etwas wette ich, Chef, ich werde heute in Habachts Wohnung Fingerabdrücke von Troche finden.‹ – Aber Schneider antwortet nur: ›Da wette ich nicht mit, Breunecke, das wäre eventuell zu leicht gewonnen, denn ich bin mir sicher, dass Troche nur einen Punkt gesucht hat, um Habacht zu beobachten. Klappern Sie lieber die Häuser ringsum ab!‹

Eine Stunde später ist Bernd etwas schlauer. Der Chef hatte Recht. In Habachts Wohnung in der Säntisstraße, welche ihm die Vermieterin aufsperrt, finden sich keine Spuren von Troche oder vom Briefwechsel mit ihm. Er kann aber den Ordner ›Goldbach-Verein‹ mitnehmen und ein Bündel sonstige Briefe. Judiths Bild findet er auch in der Schreibtischschublade und steckt es ein. Die Bankunterlagen haben die Kollegen der Drogenfahndung mitgenommen. Alle Briefe im Bündel tragen Frauenhandschriften. Bernd will sie dem Chef mitbringen. Wenn der Judiths Briefe aussortiert, soll es ihm nur recht sein.

Zwei Häuser weiter sieht Bernd ein Schild ›Zimmer zu vermieten‹. Er klingelt. Eine ältere Frau öffnet, stellt sich als Frau Hirche vor. Bernd zeigt das Bild von Troche und weist sich aus. ›Ja‹, sagt Frau Hirche, ›der Herr Troche aus der Schweiz wohnt hier seit August. Hat bis Ende September vorausbezahlt. Manchmal fährt er in Arbeitskleidung mit dem Fahrrad weg. Brauchte ja keiner mehr, seit mein Mann tot ist. Manchmal geht der Herr Troche auch besser gekleidet zu Fuß weg, manchmal ist er für Tage nicht da, fährt mit dem Auto weg. Das stand in der Garage. Mich stört das nicht, schließlich hat er einen Extra-Eingang für die kleine Wohnung. Vor ’ner Woche ist er abgereist. Wollten Sie was von ihm?‹

Bernd fragt nach und erfährt, vor einer Woche sei ein Anruf gekommen, eine Frauenstimme: ›Tschuldigung, Troche kann nicht selber kommen, schickt mich vorbei.

Bringe Umschlag mit Geld und hole die Sachen. – Wieviel kostet es noch?‹

Sie habe gesagt, dass alles im Voraus bezahlt sei. – ›Ist okay‹, habe die Stimme gesagt, ›werfe dann den Umschlag mit dem Schüssel in den Briefkasten. Stellen Sie alle Sachen vor die Tür. Hole alles ab, wenn meine Arbeit vorbei …‹

Und als sie gesagt habe, sie wolle schnell in der Wohnung und in der Garage bei Troches Auto nachschauen, habe die Frau am Telefon gewartet. Und als sie gesagt habe, dass außer dem Rasierzeug, der Zahnbürste und der Tasche und frischer Unterwäsche praktisch nichts da sei, habe die Person gesagt: ›Ach, dann packen Sie alles in die Tasche und stellen Sie doch die Tasche mit den Sachen zum Auto in die Garage, ich hole alles ab und werfe die Schlüssel in den Briefkasten.‹

Und das habe sie auch gemacht. Und das Auto mit allem sei gleich am Morgen weg gewesen. Und die Schlüssel im Briefkasten. Die Wohnung habe sie schon saubergemacht, aber vermieten könne sie erst ab Oktober. Ob Bernd nicht einen Kollegen wüsste …

Bernd lässt sich die Wohnung zeigen. Aber Frau Hirche hat mustergültig gesäubert und aufgeräumt. Gewohnheitsgemäß streift Bernd die Handschuhe über und greift hinter den Spiegel. Dort findet er einen Umschlag. Darin einige Dollar-Noten und eine Notiz in Troches Handschrift ›Fälschung, von Salcher übergeben‹. Er ruft den Chef an.

›Fahren Sie noch beim Rinke vorbei und bringen Sie den und seine Frau sicher, aber unauffällig mit. Den Umschlag brauchen wir für unseren Falschgeldexperten, Breunecke!‹, brummt Schneider, ›den Rest soll die Spusi zusammenkehren. Und kommen Sie zurück ins Büro, sobald Sie in Bonndorf waren. Eine Streife hat den Reckberg in Friedrichshafen an der Fähre erwischt, eine Aktentasche mit Dollars bei sich. Den stellen uns die Häfler bald zu. Den Rosenbusch haben die Lindauer Kollegen gefasst. Im

Kofferraum unter Äpfeln, die er Freunden bringen wollte, einen ganzen Haufen – Sie wissen schon! Er wird uns aber blanko zugestellt. Gut, dass wir ihn zur Fahndung ausgeschrieben hatten und vom Telefon her schon wussten, wohin er fahren wollte. Sobald die Frau Rinke wieder fit ist, werden wir Sprechproben mit Frau Hirche machen. – Die Schlüssel vom Stollen sind übrigens bis auf einen bei mir, Breunecke. Den Schlüssel vom Bootslager sollte Judith abholen. Dem Pächter war es sehr peinlich. Hat das Lager im Stollen, wie er sagt, seit Beginn der Bootssaison nicht mehr betreten können und die Boote alle rausgeräumt, weil der Schlüssel von einem Boten der Bundesvermögensverwaltung wegen dringender Renovierungsarbeiten abgeholt und noch nicht zurückgegeben wurde. Die Verwaltung beim Dr. Lange war kooperativ und hat uns den Boten genannt, schickt sofort eigene Leute. Sie raten sicher, wer der vertrauenswürdige Bote war! Wir prüfen zurzeit noch alle Konten und Anrufe. – Übrigens: Judith hat angerufen, dass sie ihre Mutter in der Tiefgarage unter der Post in ihr eigenes Auto gesetzt und lieber gleich in die Wohnung in Owingen gebracht hat. Sie kommt erst später wieder ins Büro.‹

In Bonndorf findet Bernd Herrn Rinke in heller Aufregung. Ein Sanka steht vor der Tür. ›Meine Frau wollte sich umbringen, Herr Breunecke!‹, sagt er, ›sie wollte sich umbringen. Sie verkraftet es einfach nicht, dass wir unsere Tochter Melanie verloren haben, und nun ist auch ihr geliebter Vater verschwunden. An ihre Mutter und unseren Jungen denkt sie nicht!‹

›Sagen Sie mal, Herr Rinke‹, fällt es Bernd da ein, ›der Zeitungsartikel ›Tragischer Tod einer Studentin‹ vor einem halben Jahr …?‹ – Rinke nickt: ›Ja, das war sie. Studierte in Mannheim Gesang. Dann kam der Fatzke Habacht und hat sie angemacht, hat sie zu seinen Events geschleppt, wollte sie dort aufbauen. Hat er ihr eingeredet. In Wirklichkeit hat er sie verbraten und verraten, hat ihr Kokain gegeben, als sie down war. Als wir es herausbekamen, war es zu spät. Mein Schwiegervater hatte ihr immer wieder heimlich Geld gegeben, damit sie frei kommen sollte. Aber: Geld futsch, Stimme futsch, Studium futsch. Als die Polizei in Mannheim sie beim Dealen erwischte, hat sie sich vor den Zug geworfen. – Und das Schwein Habacht lebte munter weiter, wollte auch unsern Sohn noch reinziehen. Ich habe ihn zur Rede gestellt. Da hat er mir gedroht, dass er meinen Schwiegervater und dessen Freunde hochgehen lassen wolle, wenn der nicht zahle, er habe genug gegen ihn in der Hand.‹

›So‹, meint Bernd, ›und jetzt wollen Sie ein Geständnis ablegen, Herr Rinke?‹ – ›Ne, Herr Breunecke‹, sagt Rinke, ›das wohl kaum. Eher ein paar Dinge aufdecken, nachdem ich mich aus den Klauen der Stasi befreit habe und mit dem BND zusammenarbeite, hier auf Puchner, Reckberg, Salcher und Troche in der Schweiz angesetzt war. Dass mein Schwiegervater verwickelt war und mitmischte, habe ich erst später rausbekommen. Und es hat mich viel Kraft gekostet. Am besten bringen wir erst meine Frau ins Krankenhaus und fahren dann mit mir und der Schwiegermutter auf die Wache. Da setzen wir uns mit Ihrem Chef zusammen und versuchen alles ins Lot zu bringen. Es geht nämlich um viel Falschgeld und um den Mord an Salcher, Troche und Habacht. Ich glaube, dass der Falschgeld-Transport morgen früh in die Schweiz gehen soll. – Nur rufen Sie Ihren Chef nicht an. Ich darf Ihnen noch nicht sagen, warum. – Sie können mit meiner vorgesetzten Stelle sprechen, die wird Ihnen alles bestätigen. – Hier mein Ausweis und hier mein Handy! Ich habe die Nummer schon gewählt.‹

Bernd meldet sich am Handy, lauscht einen Augenblick und runzelt die Stirn. Sagt dann: ›Okay, machen wir so!‹, und drückt die Auflegetaste, sagt dann zu Rinke: ›Alles klar! Sie kommen mit!‹

Eine Stunde später sitzen sie in Überlingen im Vernehmungszimmer. Den Umschlag mit den Dollars hat Bernd im Nebenzimmer abgegeben, wo ein Experte bereits wartet, um die Scheine auf Fingerabdrücke zu untersuchen. Judiths Bild hebt Bernd kurz hoch, als Schneider eintritt, so dass nur dieser es sieht: ›Damit hatten Sie recht, Chef!‹ Danach legt er es scheinbar achtlos umgedreht auf den Tisch. Schneider lässt sich Rinkes Ausweis zeigen, schaut ihn flüchtig an und fasst sich kurz ans linke Ohrläppchen. ›Um alles sauber auseinanderzuhalten‹, fängt Rinke an, ›müssen wir erst einmal den Mord oder Totschlag im Affektstau an Habacht klären. Mein Schwiegervater war es. Er hat mit dem ausgeliehenen Land-Rover den Habacht blockieren und noch mal zur Rede stellen wollen. Er hat ihn dann aber in seiner Wut von der Straße geschoben, als ich ihn anrief und von den Kokainbriefchen bei Troches Leiche erzählte. Meine Frau hat ihn zum Einsatzort gefahren und später am Treffpunkt abgeholt. Er war so wütend, weil Habacht den Tod unserer Melanie verschuldet hat und dann noch publik machen wollte, dass sie am Ende gedealt hat, wenn er nicht zahle. Und Habacht hatte dann auch noch die Frechheit, mir den toten Troche mit den Kokainbriefchen als Botschaft zuzustellen. Er muss Troches gewaltsame Befragung beobachtet, dem Bewusstlosen dann den Rest gegeben und ihn in den Apfelcontainer gesteckt haben. Und er muss gedacht haben, er käme an die Dollar im Stollen. Nur war bei Troche kein Stollenschlüssel, wie sie selbst feststellen konnten. Daher wohl der Einbruchsversuch. Ich habe das mit dem toten Troche und dem Kokain gleich bei der Eingangskontrolle bemerkt, brauchte aber Zeit zum Handeln in beide Richtungen. – Obwohl die Erpressung ja auch mit dem anderen Teil zusammenhängt, auf den ich angesetzt war. Da geht es um die Blechkisten mit den falschen Dollars, welche Reckberg und Puchner vor der Sprengung versteckt hatten, und an die sie nicht mehr rankamen. Mein Schwiegervater hing mit drin, ohne Frage, denn er wusste davon. Troche hatte mit den Dreien einen Deal vereinbart: Er wollte das Falschgeld in der Schweiz absetzen, sie sollten es liefern und ihren Anteil bekommen. Salcher war wohl ohne Ahnung bezüglich der wahren Motive und arbeitete ihnen zu, spionierte im Stollen und im Verein aus, was er konnte. Ihm wurde gesagt, es ginge um Papiere, die sie alle vier belasten könnten, wenn sie bei der Asbestsanierung gefunden werden würden. Offensichtlich ist schon vor einiger Zeit ein Teil der falschen Dollars über Troche in Umlauf gekommen. Nur bei heimlichen Hausdurchsuchungen in St. Gallen wurde nichts gefunden!‹

›Na‹, schüttelt Schneider den Kopf, ›das ist aber merkwürdig. Wie sollte der Troche als Jude denn mit denen zusammenarbeiten, die den unbekannten ersten Mann seiner Mutter gepeinigt hatten.‹ – ›Ganz einfach‹, sagt Rinke, ›Troche ist der Sohn von Elmar Troger, einem deutschen Geheimdienstler, der 1936 mit viel Devisen in die Schweiz ging und dort ein Netz aufbaute. Identität ist käuflich. Er ist nie enttarnt worden!‹

›Mein lieber Schwan!‹, fährt Schneider auf und greift sich an sein linkes Ohr, ›dann ist wohl auch alles Schauspiel, was uns die Sarah Schwan und die Judith hier aufgetischt haben! – Breunecke, wo sind die zwei überhaupt?‹

Bernd nimmt Judiths Bild vom Schreibtisch und hält es Rinke hin, fragt ›Die hier?‹. Rinke antwortet: ›Klar, Troger Juniors Agentin Cordula. Wir haben sie vor sechs Jahren aus den Augen verloren, als sie in Italien für ihn arbeitete. Wo haben Sie das Bild her? Wo arbeitet sie jetzt?‹

Schneider kleinlaut: ›Die arbeitet hier und wurde uns vom Dr. Lange aus Tübingen empfohlen. Judith ist unsere beste Kraft. – Aber: arbeitet Ihr beim BND immer so schlampig?‹

›Was weiß sie über den Fall und wo ist sie jetzt?‹, setzt Rinke ruhig dagegen, ›ich denke, man muss sie festsetzen und den Dr. Lange wohl auch! Biografien sind käuflich!‹

›Und ich Rindvieh habe ihr zugearbeitet!‹, schlägt sich Bernd vor den Kopf, ›und nie was bemerkt!‹ – Schneider darauf: ›Als letztes hat sie mir den Schlüssel vom Bootslager auf den Schreibtisch gelegt, dann ist sie für Besorgungen verschwunden!‹ – ›Darf ich alle Schlüssel sehen?‹, fragt Rinke, ›und bitte: welches ist der letzte Schlüssel!‹

›Der hier!‹, sagt Schneider matt und legt ihm einen Schlüssel hin, ›ich habe ihn gar nicht genau angesehen, habe ihr vertraut.‹ – ›Sie ist eine raffinierte Agentin!‹, schüttelt Rinke seinen Kopf, ›die hat schon Bessere als Sie reingelegt. So etwas kann passieren!‹

›Ganz auf den Kopf gefallen bin ich auch nicht‹, sagt Schneider wütend, als er den Schlüssel noch mal in die Hand nimmt und genau ansieht, ihn dann Rinke überreicht, ›den Streifenwagen ziehen wir um zwölf Uhr vom Stolleneingang ab. Bis dahin organisieren wir mit Ihrer Hilfe, Herr Rinke, die Bereitschaftspolizei und legen sie für den Rest der Nacht auf Lauer. Die Wasserschutzpolizei wird Patrouillen auf dem See verteilen und der Zoll an den Grenzübergängen einen Wink bekommen.‹ – ›Nicht zu vergessen!‹, fügt Bernd an, ›eine Kontrolle an den Fähren in Meersburg und Friedrichshafen. Sie dürfen uns nicht entwischen. Machen Sie das Chef, oder soll ich?‹ – ›Gehen Sie, Bernd‹, kommt es zerknirscht von Schneider, der sich nun aufs linke Ohr schlägt, ›ich habe bei Ihnen versagt, Herr Rinke, ich habe versagt, ich habe zu lange gewartet. Ach, was hätte mir meine Großmutter alles erzählt!‹ Als Bernd zurückkommt und seinem Chef zunickt, werden Reckberg und Rosenbusch gerade in Handschellen gebracht. Sechs Polizisten begleiten ihn. ›Es ist aus!‹, sagt Rinke zu Reckberg, ›Euch Dreien hilft nur noch Auspacken und die Stelle im Stollen zeigen. Und das möglichst sofort. Sonst seid Ihr geliefert. Am besten holen wir den Puchner auch gleich dazu und ich nehme Euch in einem Streifenwagen mit zu unserer Dienststelle in

Tübingen. Sie stellen mir doch einen Wagen und Fahrer zur Verfügung, Herr Kollege Schneider!‹

›Dolle Inszenierung, Rinke, alle Achtung!‹, poltert Schneider nun aber los, ›gucken Sie sich doch mal um, wie viel Pistolenläufe Sie anschauen. Heben Sie hübsch Ihre Patschhändchen! Breunecke, schmücken Sie den Herrn doch mit Ihren schönen Stahlmanschetten und nehmen Sie ihm dann seine Kugelspritze ab. Es ist aus, Herr Rinke. Uns verscheißert man nicht ungestraft. – Wie gesagt: Biografien sind käuflich, und im Märchenerzählen sind Sie ein Meister. Dr. Lange hat mir das in Gegenwart von Judith schnell und bald bestätigt, als wir heute früh mit ihm Klartext geredet haben. Er ist angesichts der Tatsachen eingeknickt und hat mit uns weitergespielt. Er hat Sie wegen zu viel falscher Eigeninitiative fallen gelassen. Sie hatten den Auftrag, das Falschgeld aufzuspüren. Sie sollten es nicht für Ihre Zwecke beiseite schaffen. – Ihr Geständnis bezüglich Habacht war übrigens nett, aber nicht ganz richtig. Wir haben Ihren Suzuki heute früh unauffällig geprüft. Tolle Farbe hat der. Passt genau zu der am TT vom Habacht! Sie hatten wohl keine Zeit mehr, den Landrover zu benutzen, weil wir Sie bei Bio-Xpress so lange aufgehalten hatten. – Den Salcher haben Sie wohl auch selbst aufgehängt, als er Ihnen nach dem Kontakt mit Troche auf die Schliche gekommen war. Als Banker in der Schweiz kannte Troche sich mit Falschgeld aus und war neugierig geworden. Und Ihnen natürlich gefährlich. Dass Sie sich selbst die Leiche vom Troche im Apfelcontainer in die Firma zu schickten, nachdem sie ihm den Garaus gemacht hatten, war eine blendende Idee, um Zeit zu gewinnen, von Ihren Nebengeschäftchen abzulenken und den Habacht ins Spiel zu bringen. Deswegen konnten Sie auch die schönen Briefchen dem Troche erst im Apfellager von Bio-Xpress in die Tasche praktizieren, als sie ihn angeblich nur am Ärmel gezogen haben. Das kriminaltechnische Untersuchungsergebnis war da sehr präzis! Waren Ihnen wohl beide auf die Spur gekommen, der Habacht und der Troche! Die Auswahl musealer Montiereisen in Ihrem Werkzeugkeller ist tatsächlich sehenswert! Und der Raum dahinter äußerst interessant. Wann wollten Sie eigentlich mit dem Rest der falschen Dollars verschwinden, die Sie da mit Hilfe Ihres Schwiegervaters aus dem Stollen geschafft hatten? – Gut, dass Ihre Frau im Krankenhaus gesprächig war und erklärt hat, warum sie sich nach dem Tod Ihrer Melanie vor Ihnen fürchtet. Aber für lebenslänglich reicht es wohl, wenn wir Ihnen die Morde an Troche und Habacht nachweisen. – Abführen das Pack.‹

›Wie habt Ihr Euch denn verständigt?‹, fragt Judith später, als sie in Owingen zusammen mit ihrer Mutter am Abendtisch sitzen, ›ich habe durch die Scheibe zugesehen und zugehört. Der Chef hat gesagt, es gäbe ein interessantes Theater. Aber wie er Dir das Signal gegeben hat, unauffällig die anderen von der Wache für die Festnahme zu holen, ist mir entgangen.‹

›Liebe Judith, sag es bitte nicht weiter!‹, platzt Bernd heraus, ›wenn der Chef ›Bernd‹ sagt, und sich aufs linke Ohr haut, heißt es ›Achtung, jetzt müssen wir zupacken‹; wenn er zweimal hintereinander ›Ich habe versagt‹ bringt und den Namen erwähnt, ist das die doppelte Verneinung, also ›Ich habe Recht behalten bei dem Rinke!‹; und wenn dann noch dazu kommt ›Was hätte meine Großmutter mir dazu erzählt‹, heißt es, dass uns jemand ein schönes Märchen erzählt. ›Ich habe zu lange gewartet‹ hieß im Klartext ›Ich habe mit Dr. Lange gesprochen und alles geklärt‹. Aber das wusste ich schon vom Dr. Lange selbst.‹

›Aber warum hast Du dem Rinke mein Foto gezeigt, Bernd, das fand ich nicht richtig‹, kommt es traurig von Judith, ›hast Du an mir gezweifelt?‹

›Nein‹, sagt Bernd und nimmt sie in den Arm, ›ich wollte nur sehen, wie weit Rinke sein Spiel treibt. Und es war kein Foto, das Du mir gegeben hattest. Außerdem war es mehr als ein Jahr alt!‹

›Trotzdem, Bernd‹, sagt Sarah Schwan, ›mit dem Bild der Liebsten soll man nicht spaßen! Ich weiß nicht, ob Du für die Liebe den nötigen Ernst aufbringst. Das Leben ist nur dann ein Spaß, wenn man nicht über alles lacht. Merke es Dir. Meine Ehe mit dem Musikdirektor ist auch daran gescheitert. Er nahm seine Musik zu ernst, und ich nahm sie nicht ernst genug! Er konnte darüber nicht lachen. – Und jetzt schau nicht traurig in Dein Glas, lieber Bernd, schließlich ist es guter Weißwein und kein Apfelsaft von Bio-Xpress! Trinken wir auf Euch und Eure Zukunft und meine Enkelchen – hoffe ich!‹

›Mama, jetzt treibst Du aber den Spaß zu weit!‹, murrt Judith. Und Bernd fällt ein: ›Wenn sie auf die Kinder aufpasst, Judith, warum nicht!‹ – ›Aber das geht doch wieder nur an mir aus‹, protestiert sie, ›schließlich muss ich die Kinder bekommen.‹ Es wird ein langer und hitziger Abend. Vor dem Einschlafen sagt Judith noch mal: ›Bernd! Dass Du dem Rinke mein Bild gezeigt hast, geht mir immer noch durch Kopf. Das war nicht richtig von Dir!‹ Und sie dreht sich auf die andere Seite.

ENDE

Der nächste Fall wartet schon auf Egon Schneider und Bernd Breunecke. Sie müssen einen rätselhaften Todesfall beim Hänselejuck in Überlingen aufklären.

Personen:

Bernd Breunecke, Kriminalkommissar, Owingen
Egon Schneider, Leitender Kriminalrat, Ernatsreute
Judith Schwan, Kriminalsekretärin, Andelshofen,
ihre Mutter Sarah Schwan, geb. Salman, Meersburg
Hans Heinicke, Polizeiinspektor, Ludwigshafen-Bodman
Dr. Lange, Ministerialdirigent, LKA Tübingen
Friederich Rammberg, Geschäftsführer Bio-Xpress,
Ludwigshafen-Bodman
Horst Rinke, Schichtleiter Bio-Xpress, Bonndorf
Ignaz Trochowsky, Gnesen bzw.
Beat S. Troche aus St. Gallen, †
Herbert Puchner, Apfelbauer, Sipplingen
Rudolf Reckberg, Rentner, Sipplingen
Anton Salcher, Buch-Antiquar, Sipplingen, †
Friedrich Rosenbusch, Rentner, Bonndorf
Gerald Donderer, Forscher beim Goldbach-Verein,
Überlingen:
Gustav Gernheimer, Vorsitzender beim Goldbach-Verein,
Goldbach
Georg Habacht, Schriftführer beim Goldbach-Verein,
Goldbach, †

Helmut Frhr. von Scheurl-Defersdorf

Jahrgang 1940, wuchs im Sauerland auf. Stationen seines Lebens waren Werkzeugmacher; Zeitsoldat; Student der Germanistik, Geschichte und Politik; Volksschullehrer; Fachleiter am Bezirksseminar; Realschullehrer; und bis zur Pensionierung 2005 Konrektor an einer Realschule in Erlangen sowie Zweitprüfer Deutsch/Sprachwissenschaften an der dortigen Universität.

Freiherr v. Scheurl-Defersdorf schreibt seit 1983 Gedichte, Satiren, Märchen und Kurzgeschichten sowie Romane. Seine von der Grafikerin Marit Budschigk farbig gestalteten Lyrik-Kalender und Lyrik-Kartensätze ›Sonnentag‹ und ›Regentag‹ entstanden 2001 – 2002. Sie befassen sich mit Trauerarbeit und Sehnsucht nach Nähe. Gerahmt wurden sie in mehreren Ausstellungen gezeigt. Das von Gabriella Kätzler illustrierte Beziehungsmärchen für Erwachsene ›Das Haus an der Sonne‹ befasst sich mit der vorsichtigen Annäherung nach traumatischer Trennung. Es entstand 2004 und verbindet auf neue Art Märchenstruktur mit Lyrik.

Die Bodenseeregion wurde 2005 für Frhr. v. Scheurl-Defersdorf zur Heimat. Hier leitet er seit 2006 die jährlich stattfindende ›Lyrikwerkstatt‹ der Sektion Nord des Internationalen Bodensee-Clubs und baut zurzeit die Gruppe ›Schreibvielfalt‹ auf.

Mitglied der Vereinigung deutschsprachiger Kriminalschriftsteller SYNDIKAT seit 2009.

Von Helmut Frhr. von Scheurl-Defersdorf erschienen:

Regentag
Lyrik-Kalender für jedes Jahr
12 farbig und kalligrafisch gestaltete Kalenderblätter
Format 21 x 42,5 cm
ISBN 3 – 9808091-0-2

Regentag
Gedichtkartensatz Format im Faltumschlag
12 farbig und kalligrafisch gestaltete Karten
Format 13,2 x 21 cm
ISBN 3-00-010044-X

Sonnentag
Gedichtkartensatz im Faltumschlag
12 farbig und kalligrafisch gestaltete Karten
Format 12 x 22,5 cm
ISBN 3-00-010043-1

Das Haus an der Sonne
Ein Beziehungsmärchen für Erwachsene
40 Seiten mit 7 Illustrationen, Paperback
Format 13,2 x 21 cm
ISBN 3-8267-5551-0

Bezug über Buchhandel oder per E-Mail:
helmut-von-scheurl@t-online.de

Anfragen für Lesungen und Ausstellungen:
Telefon +49/(0) 75 51/94 84 34

Impressum

Helmut Freiherr von Scheurl-Defersdorf
Apfelernte
Ein Bodenseekrimi

Typografie: Ulrich Seutter

Für den Satz wurden Eric Gill's Joanna mit
Joanna kursiv sowie Joanna halbfett verwendet.

Herstellung:
Köllen Druck & Verlag GmbH, Bonn

3. Auflage 2010

Verlag Ulrich Seutter
Rickertsweiler 3
88699 Frickingen

ISBN 978-3-938340-50-9
Printed in Germany